제주 올레 행복한 비움 여행

제주 올레

행복한 비움 여행

최건수 지음

21세기북스
book21.com

현대인들은 걸을 권리를 스스로 포기했다. 이곳에서 저곳으로 이동하는 일에 두 다리를 써야 하는 것이 점점 거추장스러워진 것이다. 소박하게는 자전거부터 시작해서 에스컬레이터, 자동차, 기차, 배, 비행기까지……, 두 발을 대체할 수 있는 문명의 이기들은 비효율의 걷기를 은근히 폄하한다. 이제 두 다리는 서 있을 때 몸을 지탱하거나 전체적인 몸의 균형을 위한 장신구 정도에 머무는 것은 아닌지…….

걷기 여행은 두 발의 회복이라는 점에서도 퍽 중요하다. 인간이 직립보행을 시작하고부터 지금까지, 두 발을 엇갈려가며 걷는 것은 인간임을 드러내는 변함없는 모습이 아니었던가.

여러 날에 걸쳐 올레를 걷는 것은, 두 다리의 존재 가치를 확인하는 의식적인 행위다. 옛 사람들은 이동의 수단으로 아무런 의심 없이 두 발을 이용했겠지만, 올레 위에 선다는 것은 그 자체가 두려움이자 용기다. 특별한 선택이다. 하지만 걸어라. 어느덧 근심 걱정은 사라지고 감미로운 환희를 느끼게 될 것이다.

첫 걸음을 뗄 때, 우리의 몸과 마음은 흥분된 상태다. 발걸음은 빨라진다. 눈은 좀 더 많은 것을 보기 위해 새로운 세계에 대해 호기심을 드러낸다. 마음은 마음대로 세상에서 가져온 온갖 근심, 걱정을 빨리 털어내기 위해서 안달이 난다. 하지만 이런 것은 진정한 걷기라고 할 수가 없다. 안락한 소파에 몸을 깊숙이 묻고 리모컨으로 떠나는 텔레비전 속의 가상 여행과 큰 차이가 없다. 나는 이러한 걷기를 '눈과 머리로 떠나는 걷기'라고 말하고 싶다.

며칠쯤 걷고 나면, 육체적 피로감이 몰려오고 머릿속은 텅 비워짐을 느끼게 된다. 시간에 대한 감각이 둔해진다. 짜인 계획에 따라 움직이는 것이 아니라 몸이 요구하는 대로 정신이 움직인다는 것을 느낀다. 밖의 풍경들은 점점 지루해지고 눈은 무심해진다. 그리고 전혀 관심을 두지 않았던 것들이 몸의 감각을 예민하게 자극한다는 것을 느끼게 된다.

바로 이런 것들! 뺨에 떨어지는 햇살의 간지럼, 땀에 젖은 목덜미를 슬쩍 만지는 바람, 흙길이 주는 폭신한 감촉, 낮게 밀물져 들어오는 파도의 포말들, 비 내리는 숲 속, 초록 나뭇잎에 떨어지는 빗방울 소리, 나뭇가지 사이로 몸을 숨기며 노래하는 새들의 지저

권, 축축이 온몸을 깊게 껴안는 여름 소나기……. 그리고 또 하나, 쳇바퀴 도는 듯 머릿속을 떠나지 않았던, 사회로부터 가져온 온갖 것들이 슬그머니 자리를 비운 것도 알게 된다.

　이제부터가 본격적 비움 여행의 시작이다. 머릿속이 비워지고 마음속의 온갖 분심이 맑은 샘물에 씻겨나가듯 청량감이 느껴질 때, 그곳에 내가 애써 채우지 않아도 감미로운 공상과 뜨거운 상상력이 돌아나고, 또 하나의 새로운 삶이 잉태되고 있음이 느껴진다. 인적 없는 텅 빈 길 위를 걷는 그 시간이 우리의 마음을 행복으로 채운다.

　올레 위에 선 모든 걷기 예찬자들이 이러한 기쁨과 행복을 가슴에 가득 담고 자신의 자리로 돌아가기를…….

차례

길을 떠나며

빠르게, 그리고 느리게

그런 프로토콜이 접수된 것을 마음은 이미 알고 있었다. 언제부
터인지 바다 저편의 땅, 탐라(耽羅)가 마음과 은밀히 접속을 시도하
고 있었던 것이다.

"오라, 나의 나라로."
"그래, 떠나는 거야!"

오래 전부터 그곳이 신비의 땅이라는 소문은 해풍에 실려 바다
끝, 언저리를 맴돌았다. 중국의 진시황도 알았을 것이다. 기원전
219년, 늙지도 죽지도 않는다는 약초를 찾아 충성스러운 신하 서
복(徐福)에 딸려 앳된 소년소녀 삼천 명을 동해로 보낸 것이다. 서
복의 최종 목적지는 탐라. 그러나 그가 다시 진나라로 갔다는 기록
은 없다. 어디로 간 것일까?

탐라는 고대 일본인들에게도 불로불사의 이상향이었다. 그들은
그곳을 '상세(常世)의 나라(영원히 변치 않는다는 의미)'라 불렀다. 특히
탐라의 귤을 귀하게 여겼다. 천왕의 명으로 도래인(渡來人, 조선 반도

에서 일본으로 건너간 사람을 일본의 고대 역사에서 부르는 말)의 후손이자 신라의 왕손이었던 다지마모리가 신비의 귤을 찾아 나섰다는 이야기도 있다.

서복과 다지마모리처럼 나도 그 땅으로 간다. 불사불노초와 신비의 '귤'을 얻기 위해 바다 저편으로 길을 떠난다. 아니, 그건 옛이야기일 뿐이다. 단지 걷기 위해서 간다. 오름을 오르고, 외진 곳 자왈(깊은 숲)에 난 오솔길을 걷고, 깎아지른 기정(벼랑)에 서보고, 폭양에 달구어진 아스팔트 위를 간세다리('게으름 피우기'의 제주 방언으로 '느리게 걷는다'는 의미)로 걸어갈 것이다.

본토에서 떨어진 그곳을 옛날처럼 말이나 낙타를 타거나 바람을 타고 노를 저으며 가지는 않을 것이다. 그 옛날의 탈것들은 이제 바퀴 달린 빠른 것들로 바뀌었다. 이제 여행은 알랭 드 보통의 《여행의 기술》 책표지에서 보는 것처럼 비행기 안에서 창문을 통해 지상의 풍경을 보면서 시작된다.

그리고 고음과 저음을 적절이 섞어 음악을 만들 듯, 빠른 것과 느린 것이 교차하면서 오늘의 여행을 만든다. 나 역시 하루 20킬로미터의 느린 움직임을 위해 460킬로미터를 단숨에 날아 탐라로 간다.

너무 빠른 것은 정지된 것과 같다. 기내 의자에 앉아서 창밖을 내다보는 것은 마치 모니터를 통해 보는 슬로우 모션 같다. 구름은 아주 느리게 흘러가고 햇살은 창 끝에 대롱대롱 매달려 있다. 하지만 마치 손오공의 구름을 타고 있는 듯, 짧은 시간에 한반도의 끝을 향해 가고 있는 것이다. 얼마나 빠른 삶이랴!

그러나 그 섬에 가면 시간을 잊고, 여기저기를 해찰하고 참견하며 '느려 터지게' 걸어볼 것이다. 문명을 잊고, 발바닥과 다리의 근육과 관절을 이용해서 땅을 밀어가며 앞으로 갈 때, 믿을 것은 오직 몸뚱이뿐. 오랜만에 나는 푸른 바람이 될 것이다. 참으로 느린 삶을 단 며칠이지만 보낼 것이다.

어스름이 오기 전,
섬도, 노을도 모두 바다에 안긴다.

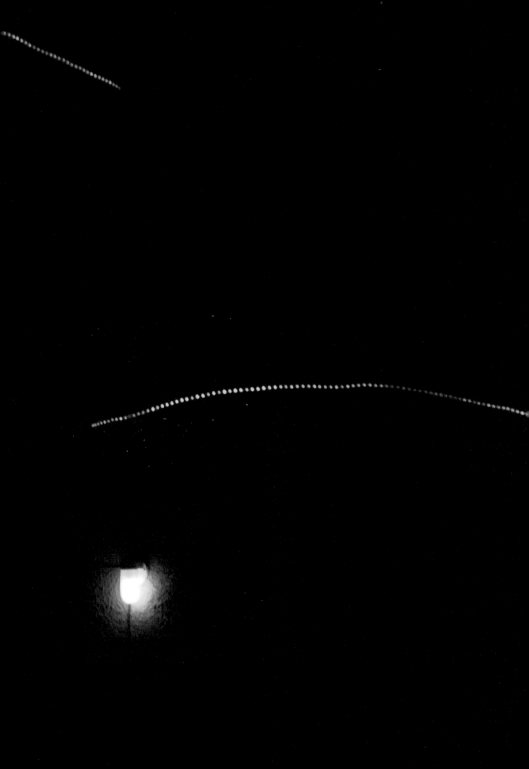

홀로, 결국엔 함께

해가 진다.

붉은 해가 진다.

아무래도 배낭을 메고 길을 걷는 여행 문화가 아직은 낯설다. 승용차나 관광버스를 이용하여 호텔이나 리조트, 펜션에 짐을 풀고 가이드의 안내에 따르는 '깃발 여행'이 안심이 된다.

그런 내가 올레를 걷기 위해 처음 찾은 게스트하우스는 성산 근처 큰길에서 1.2킬로미터쯤 들어간 야트막한 들판에 있었다. 게스트하우스는 국내 여행자에게는 좀 낯선 단어다. 특별한 목적 없이 오늘은 여기서 내일은 또 어딘가에서 눈 붙이고 쉬어야 할 가난한 나그네에게 어울림직한 숙소다. 서울의 광화문과 같은 곳에도 외국인 배낭 여행자를 위한 게스트하우스가 간혹 눈에 띈다. 하지만 내가 묵을 곳이라고 생각하지는 않았다.

그것이 국내 여행자들에게 또 다른 여행 문화의 하나로 자리 잡은 곳이 제주도다. 새로운 게스트하우스들이 속속 생겨나고, 과거에 모텔이었던 곳이 게스트하우스로 변신한 것도 서귀포에는 많다.

이곳에는 호텔처럼 드러내놓고 자랑할 만한 '무궁화꽃'이 없다. 건물의 입구를 장식하는 동판 무궁화 말이다. 이 양각된 무궁화 꽃송이의 유무에 따라서 문화가 갈라진다는 것을 이곳에서 여실히 느꼈다. 호텔, 리조트, 콘도, 펜션 같은 단어에는 어쩐지 세련된 이미지가 느껴지지 않은가? 이에 비해 게스트하우스는 빈티만 풀풀난다. 맞다. 여기서는 좀 옹색하고 거칠고 원시적이어야 제 맛이난다. 이 맛의 비결은 게스트하우스라는 하드웨어보다 소프트웨어에 있다. 젊음과 낭만 때문이다. 연식이 좀 오래된 사람들도 세월을 거스르는 힘이 이곳에는 있다. 그들 마음속 청춘의 불씨가 다시 살아나는 것이다. 그래서인지 올레만의 새로운 문화가 이곳에서는 분명히 보인다.

게스트하우스의 특징은 저렴한 숙박비로 한 방에서 낯모르는 여럿과 같이 잠을 잔다는 것이다. 물론 어색하고 불편하지만 나름대로 이점도 있다. 걸으면서 터득한 정보나 소감을 나누고, 혼자만의 적적함도 해결할 수 있다. 배낭을 멘 나 홀로 여행객들이 게스트하우스를 주로 찾는 까닭이다. 나도 낯모르는 여덟 명과 함께 한 방에서 닷새를 지냈다. 두 달째 머무르는 사람도 있었지만(이런 사람을 올레꾼들은 장기수라고 말한다), 대개는 하루나 이틀이면 새로운 얼굴로 바뀐다. 또 다른 코스를 찾아 떠나야 하기 때문이다.

어둠이 자리를 잡고 앉으면 낮의 미세한 풍경들은 모두 밤의 커튼 뒤로 물러나 앉는다. 도시의 불빛보다도 어둠이 아름답다는 것을 느낀다. 마당 한쪽에서 타오르는 장작 불꽃의 아름다움도 여실히 보인다. 깊은 어둠 속에 타오르는 작은 불꽃은 또 다른 아름다움이 된다. 그렇다. 불은 꽃이다. 그래서 '불꽃'이다. 게다가 내가 묵은 한 게스트하우스에서는 마당에서 반딧불을 보는 뜻밖의 행운도 얻었다. 반딧불이라니……. 이런 청정지역이 또 있을까.

게스트하우스에서 짐을 풀고 먼저 해야 할 일이 사람 사귀는 일이다. 마음의 문을 빨리 열수록 여행이 즐거워진다. 성별, 나이, 직업, 사회적 지위 같은 마스크도 벗어던져야 편하다.

"안녕하세요. 반갑습니다."

이 간단한 인사가 올레 걷기를 편하게 하는 마스터키다. 이러고 하루쯤 함께 뒹굴면 자연히 형과 아우가 생기고 언니, 오빠도 생긴다. 그리고 간혹 애인도 얻는다. 모두가 하룻밤 사이에 일어난 개벽이다.

게스트하우스는 해가 진 이후에야 점점 싱싱해진다. 파근하게 하루를 걷고 돌아온 올레꾼들의 방에 하나둘씩 불이 켜지기 시작하면 게스트하우스는 활기를 띤다.

어둠 속에 빛나는 붉은 불꽃을 앞에 두고 올레꾼들은 디오니소스 축제를 준비한다. 마당에 준비된 빈 테이블이 하나둘씩 사람으로 채워진다. 여기서는 굳이 "실례한다"고 말하지 않아도 된다. 어깨가 닿을 듯 앉아도 험이 되지 않는다. 틈새가 있으면 궁둥이 디밀면 된다.

축제는 프로그램이 없다. 공통의 화제도 없다. 말을 해도 되고 안 해도 된다. 모든 것이 중구난방이다. 그도 저도 싫으면 홀로 방에서 라면을 끓여 먹거나 소주잔을 홀짝거려도 험이 안 된다. 함께 있으나 아무도 구속하지 않는 자유가 불문율처럼 지켜지고, 지켜져야 하는 곳이 게스트하우스라는 해방구다.

축제에 들어가는 비용은 참가자 모두가 조금씩 추렴한다. 어느 밤에는 오천 원을 내기도 하고, 어느 밤에는 이만 원을 내기도 한다. 새우깡에 맥주냐 소주에 흑돼지 삼겹살이냐에 따라 보시금액은 매일 달라진다. 그래도 억울할 것 없다. 모두가 내 돈 내고 내 입으로 들어가는 것이다. 디저트로 수박이라도 한 쪽씩 돌리면 사람들은 "와우" 하고 행복해한다. 그게 마치 공짜 같다. 이 가난한 행복을 어디서 맛볼 것이냐.

밤이 깊어 가면서 테이블 건너편의 낯모르는 얼굴이 친근하게 느껴지고, 한 옥타브 높은 웃음소리가 정(情)으로 연금되는 축제가 새벽녘까지 이어지는 것이 다반사다. 다음날 아침, 차질 없이 또 다른 길을 재촉하는 사람들을 보면 전날의 피곤이나 숙취를 풀어주는 자연의 복원력이 경이롭다는 것을 느낀다.

그러나 너무 무리하지는 말라. 조용히 쉬고 싶은 사람도 있는 것이다. 늦은 새벽까지 이어지는 무질서한 축제를 보고 있으면 '악플'을 달고 싶은 마음이 굴뚝같다. 나도 그것 때문에 잠자는 것이 무척 힘들었다. 어떤 젊은이들은 밤의 축제만을 위해서 게스트하우스를 찾기도 한다. 도착하자마자 묻는다. 오늘밤 파티는 몇 시에 하느냐고. 소문이 인터넷에 자자한 모양이다. 잘하면 한 건 올릴 수 있다는 심보도 훤히 보인다. 이런 친구들이 밤새 술 마시고, 해가 중천에 떠오를 때까지 늘어지게 자다가 짝지어 관광코스로 방향 전환하는 사이비 올레꾼들이다. 이것만은 피했으면 좋겠다.

사람은 외로움을 타는 동물이다. 홀로 방에 있을 수 있는 배짱을 지닌 사람은 드물다. 그리고 낯모르는 사람과 스스럼없이 어울릴 수 있는 공간 역시 그리 흔한 것이 아니다. 그래서 올레꾼들은 밤의 디오니소스 축제 마당으로 나온다. 아니 나오고야 만다. 이것이 올레 걷기의 새로운 문화이고 게스트하우스의 최대 장점이다.

호텔도 좋고 펜션도 좋다. 그러나 하루쯤 일이만 원짜리 게스트하우스에서 싱싱한 젊음을 만나보기를, 그리고 스스로 젊음이 되기를 권한다.

헤매거나 혹은 찾으며

처음 가보는 길, 낯선 길을 걷는 사람의 마음속은 호기심과 더불어 불안이 상주하고 있다. 혹시라도 잘못된 길로 들어설 수도 있다는 막연한 걱정 때문이다. 그래서 지도와 나침반, 혹은 가이드가 필요하다.

길을 잘못 들면 아뜩해지고, 마음의 동요가 심하게 인다. 이럴 때는 심호흡을 크게 하고 차분히 자신이 걸어온 길을 되돌아봐야 한다. 무작정 더 걸어가는 것은 무모하다. 자신이 안 서면 아는 곳까지 되돌아가서 다시 시작해야지 불필요한 고생을 면할 수가 있다.

초보 여행자와 동행한다면 특히 조심해야 한다. 길 찾는 것을 상대에게 은근히 미루기 때문이다. 동행자를 가이드쯤으로 착각하는 것이다. 함께 걷다 길을 잃어버린 사람들은 대개 이런 마음자리 때문이다.

한 가지 말해두고 싶은 것은, 그래서 누구를 파트너 삼아 떠날 것이냐가 중요한 문제라는 것이다. 긍정적이고 남을 배려하는 사람과 길을 떠나라. 그래야 여행이 즐겁다. 그러기 전에 그 사람이 당신이냐고 스스로 물어보고 "예스"라고 답할 수 있다면, 그때 동행할 사람을 찾아라.

　이보다 더 걱정스러운 것은 잘못된 길로 들어섰다는 것을 본인 스스로 추호도 의심하지 않을 때다. 특히 자신에 대한 믿음이 강한 사람은 의심 없이 오래 걷고 난 후에야 잘못되었음을 알아차리는 경우가 많다. 초행길이라면 먼저 자신을 버려야 한다. 그리고 길을 이끄는 화살표를 따라야 한다. 화살표는 이미 그 길을 만든 사람이거나 혹은 이미 걸었던 사람이 보내는 신호이기 때문이다.

　올레는 지도나 나침반이나 가이드가 필요 없다. 그런 도구에 의지하지 않고도 나 홀로 여행이 가능하다. 그만큼 홀가분하다. 길을 걷다 보면 홀로 걷는 여자 분들을 많이 볼 수 있다. 그만큼 이 길이 안전하다는 것이다. 길을 잃지 않고 원하는 목적지까지 갈 수 있는 것은 파란 화살표가 빈번히 출몰하고, 파란 리본과 노란 리본이 쌍을 지어 길을 잃을 만한 곳에서 어김없이 나타나주기 때문이다. 이쪽으로 오면 안전하게 갈 수 있다고 화살표와 리본은 속삭인다.

　걷다보면 수도 없이 만나는 화살표와 리본은 단지 길 안내만 하는 것은 아니다. 투박스러운 이 표지들은 주변 경관과 어울려 나름대로 독특한 아름다움을 뽐낸다. 그것 자체가 볼거리이고 눈요기로, 걷는 길을 즐겁게 하는 길동무가 된다.

　각 코스마다 특별한 위치에 그려진 파란 화살표를 보면 그린 사람의 재치가 보인다. 누가 만들었는지 알 수 없는 운주사 돌미륵의 투박함 속에서 해학적 아름다움과 민초들의 염원과 고통을 읽어내듯, 파란 화살표를 어디에 그리느냐에 따라 또 다른 제주의 아름다움을 만들 수 있는 가능성이 여기저기 숨어 있다.

길을 잃을 듯할 때마다 "용용 죽겠지, 나를 찾아봐"라고 하는 듯 불쑥 출몰하는 파란 화살표! 피식 웃기도 하도, 감탄하기도 하면서 팍팍한 다리의 피로를 잊은 적이 한두 번이 아니었다. 특이한 화살표들을 만나면 카메라에 쟁이는 수고는 필수다. 나도 많이 찍었다.

그러나 모두가 좋은 것은 아니었다. 꼭 있어야 할 곳에 없는 화살표로 얼마나 자주 그 자리에서 맴돌았던가? 햇볕에 색이 다 바래버린 리본도 안쓰러웠고, 자연 경관을 해치는 화살표도 만날 수 있었다. 그러나 이제 시작인 걸. 첫술에 배부를까? 조금 더 기다려 보자.

홀로 올레를 걷고 있는 삼십 대 초반의 아가씨를 만났다. 직장을 자의 반 타의 반으로 그만두고 올레 위에 섰다고 했다. 그러고는 뜻 깊은 이야기를 했다.

"태어나서 대학 다닐 때까지는 사는 것에 별로 걱정할 일이 없었어요. 지금 생각해 보니 그 시절에는 파란 화살표가 길 위에 많이 있었던 거예요. 부모님과 선생님의 잔소리가 화살표 역할을 했던 거지요. 싫든 좋든 그 화살표를 따라가면 큰 탈이 없었어요. 그런데 지금은 달라요. 나이가 들면서 화살표가 없어진 거예요. 앞으로 걸어가긴 해야겠는데, 어디로 가야 할지 막막해진 거죠. 나이가 들면 화살표쯤 없어도 스스로 멋진 화살표를 그릴 줄 알았는데…….

벌써 5일째 걷고 있어요. 저것 보세요. 마음으로 올레를 걸으라고 쓰여 있지요? 각자 처한 입장마다 걷고 있는 마음은 다르겠지요. 저는 이번 걷기에서 단지 어디로 가는 길이 내가 가고 싶은 길이고 올바른 길인지 그 화살표 하나를 찾아내면 성공이예요. 그런데 아직 그게 안보이네요. 답답해요. 이제 어디로 가야 하나요?"

　그녀의 마음에서 풍파가 인다. 공자님도 그랬다. 인생이 모두 길을 찾는 것이었다. 그는 삶의 중요 변곡점마다 화살표를 그려 두었다. 서른에는 뜻을 세우고, 마흔에는 세상의 유혹에도 흔들리지 말라고 했다. 그러면 쉰에 하늘의 뜻을 알게 되고, 예순이 되면 비로소 몸과 마음의 움직임이 순리에 벗어나지 않는다고 말했다.

　그게 우리 같은 범인에게 씨알이라도 먹힐 이야기인지는 모르겠다. 하지만 바람에 흔들리는 억새처럼 흔들리는 삶이 인간적인 삶이고, 흔들리고 있다고 알고 있는 마음이야말로 인간적인 아름다움이 아니겠는가? 살다 보면 예기치 않은 삶의 불황이 찾아온다. 부자든, 가난하든, 유명하든, 이름 없는 민초들이든 모두 그 삶은 비슷하다. 우리가 익히 알고 있는 화가 반 고흐뿐 아니라 음악가 슈베르트, 소설가 버지니아 울프나 헤밍웨이 같은 예술가들도 모두 삶의 우울증에 시달렸다. 그러나 그들의 위대함은 그들의 예술이 끊임없는 삶의 흔들림 속에서 피어난 것이기 때문이 아니었던가.

　그녀는 배낭 하나를 달랑 메고 길 위에 섰다. 쓰디 쓴 소주를 들이키며 자학하거나 늦은 밤 아파트 베란다 난간에 기대어 담배를 피우며 인생의 화살표 없음을 탓하지도 않았다. 그녀는 눈을 크게 뜨고 삶을 바라보고 있는 것이다. 야무진 말을 길 위에 남겨두고, 실비 내리는 검은 돌담 사이로 사라졌다. 나는 그녀의 등 뒤에서 '눈 바라기' 하며, 그녀가 걷기를 마쳤을 때 인생의 파란 화살표 하나를 찾고 이 올레를 떠날 수 있기를 기도해준다.

첫 번째 길
바라보며 걷다
시흥 초등학교 – 광치기 해변

제주 여인으로 산다는 것

제1코스는 운동장에 파란 잔디밭이 그림처럼 펼쳐진 시흥 초등학교를 오른편에 두고 시작한다. 두 개의 오름, 말미 오름과 알 오름이 그대의 올레 시작을 축하하며 맞이할 것이다. 이 오름들, 천천히 즐기면서 올라가도 된다. 그리고 중산간 도로를 지나서 종달리 해안마을 올레를 하고 나면 연둣빛 시흥 해변이 시원스럽게 펼쳐질 것이다. 왼편에 바다를 끼고 성산 일출봉까지 걸어가는 길이 아스팔트 차도인 것은 못내 아쉽다.

이 길이 끝날 때, 바닷가 언덕에서 한가롭게 풀을 뜯는 몇 마리의 말들이 당신을 기다리고 있을 것이다. 말은 콧잔등을 쓸어주면 좋아한다. 그러나 연둣빛 잔디밭은 조심 없이 들어갈 곳이 아니다. 모두 말들의 해후소다. 발밑의 똥을 조심하시라. 모르고 밟기 십상이다.

이곳에서 바라보는 성산 일출봉은 또 다른 맛. 일출봉 주차장을 지나 광치기 해변에 이르면 15킬로미터 올레의 첫 관문을 무사히 통과하게 된다.

제1코스는 올레의 첫 단추다. 설렘과 긴장이 팽팽히 활시위를 당겨놓은 듯하다. 시작 길은 밭과 밭 사이의 농로를 걷다가 곧 오름의 계단으로 이어진다. 첫 오름, 말미 오름이다. 멀리서 보면 말 머리와 비슷하다고 붙여진 이름이나, 오름에 접어들면 산 속에서 산을 볼 수 없는 것과 같이 그 형상을 짐작할 수가 없다. 단지 예비된 길을 따라 묵묵히 오를 뿐이다.

오름은 험하지도 높지도 않다. 어디가 정상인지도 분명치 않다. 바람이 시원하게 불고 멀리 성산과 바다에 길게 누운 우도가 보이면, 그곳을 정상이라고 부르자.

이 풍경을 보려고 말미 오름에 올랐다. 정상 잔디밭에 앉아서 잠시 숨을 고르면, 눈의 초점이 원경인 우도에서 중경인 성산 일출봉으로 이동함을 느낄 것이다. 그리고 지금까지 걸어온 길도 환히 보인다. 마치 검은 머리의 가르마 같은 길 위에 내 뒤를 따라 걷는 또 다른 올레꾼들도 볼 수가 있다. 밭과 밭 사이에 가지런히 줄맞춘 잣담('성벽과 같이 쌓아 두른 돌담'의 제주방언)도 보인다. 근경인 이곳이 성산포의 들판이다.

성산포 들판은 갈색이다. 시간의 억겁 속에 불에 탄 흙들이 저 갈색 들판을 만들었다. 숯검정 같이 검게 탄 화산재가 떨어진 곳은 흙으로서는 부실하기 짝이 없는 갈색토다. 제주의 밭을 이루는 토양은 크게 암갈색토, 농암갈색토, 흑색토, 갈색삼림토, 네 종류로 나뉜다. 흑색토와 갈색삼림토는 밭작물을 생산하기가 거의 불가능하다. 암갈색이나 농암갈색의 흙은 그나마 씨라도 뿌려볼 수 있는 생명력을 가진 땅이다.

저 갈색 땅과 잣담 사이에 한 여자가 보인다. 엉금엉금 기듯이 앉은걸음으로 저를 닮은 검붉은 돌들을 골라내는 늙은 여자가 있다. 흙의 뿌리인 돌은 여자의 손길이 닿으면 못 견디게 간지럽다는 듯이 흙을 털고 부스스 일어나 제 모습을 드러낸다. 마치 녹슨 쇠처럼 거무튀튀한 이 돌들은 여자의 손을 거쳐 들판의 잣담이 되어 그녀의 삶을 지키며 함께 늙어갈 것이다. 여자는 돌이 파인 자리에 무나 마늘, 유채 같은 생명을 정성껏 묻어둔다. 흙 속에 묻어둔 씨앗들이 저 앉은뱅이 여인에게 살아가야 하는 이유가 된다.

그러나 그게 그리 쉬운 일은 아니다. 천방지축으로 소문난 제주 바람은 이런 여자의 마음을 헤아리지 않는다. 시도 때도 없이 불어와 밭의 흙을 제 몸에 담곤 어디론가 가버린다. 이때 함께 묻어둔 생명도 번번이 사라진다.

제주 여자의 삶은 흙을 지키는 것으로부터 시작한다. 바람으로부터 흙을 지키는 일을 제주 사람들은 '밭밟림'이라고 한다. 씨를 뿌리고 나면 그것을 지키기 위해 온 가족이 동원이 되어 꼭꼭 땅을 밟있다. 이런 날은 갓 태어난 망생이(망아지)도 밭으로 나와 밭 밟는 것을 거들어야 했다.

그뿐 아니다. 이 땅에는 기이하게도 쓸모없는 검질(잡초)들이 종류도 많고 저 홀로 잘도 자란다. 비라도 한번 내리고 나면 검질은 무서운 생명력을 보여준다. 그래서 제주도에서 농사를 짓는다는 것은 한쪽으로는 흙을 지키고 다른 한쪽으로는 잡초와의 싸움을 하는 것으로 요약된다.

억겁의 시간이 만든 갈색 들판에는
제주 여인들의 삶이 담겨 있다.

검질매기(김매기)는 이 싸움의 핵심이다. 그래서 때로는 마을의 공동 작전으로 진행되기도 한다. 여러 가구가 힘을 합쳐 검질에 대응하는 것이다. 뭍에서 두레 혹은 품앗이라고 부르는 '수눌음'이다. 제주 사람들의 밥은 이렇게 얻어진다. 조밭, 보리밭, 콩밭, 유채밭과 함께 풍경이 된 저 여인 역시 여름 뙤약볕 아래에서 앉은걸음으로 검질을 뽑으며 삶을 완성해가는 것이다.

통시(돼지우리)의 돗걸름(돼지거름)이나 쇠막(외양간)의 쇠걸름(소거름)을 밭으로 옮기는 일, 흙을 지키는 일, 검질을 매는 것은 모두 밥 때문이다. 이 노동이 어찌 그녀의 밥만을 위한 노동이겠는가? 아는지 모르는지, 내 새끼들에게만은 이 땅의 노동을 전하고 싶지 않았다. 이제는 거동이 불편한 시부모의 밥을 위해서도 땡볕의 일을 어찌 피해 볼 엄두가 나지 않는다. 밥은 여인에서 여인으로 전해져 왔다.

저 들판에서 여인이 흘린 땀과 눈물과 한숨을 누가 알겠는가? 이 땅을 고난의 땅이라고 했던가! 텅 빈 성산의 갈색 들판을 보라. 눈물 많고 사연 많은 이 땅에서, 여인은 아무도 듣지 않지만 그녀가 스스로에게 부르는 노래를 홀로 겨우 입술에 올리며 가난을 넘었다. 무심한 세월은 세월의 꼬리를 물고 그렇게 대를 이어 내려왔다.

그러나 그 속에 사랑이 없었으면 어찌 가능했겠는가? 여자의 가슴에 가득 고인 사랑이 성산 들판에 강이 되어 흐르는 것을 보라. 말미 오름에 오르면 제주 여인들의 삶이 보인다.

오름 너머 오름

화산섬인 제주도의 면적은 약 1800제곱킬로미터로 8개 유인도와 54개의 무인도를 자식처럼 거느린다. 섬의 한가운데에는 이제는 활동을 멈춘 1950미터의 한라산이 의젓이 자리하고 있고, 치마를 펼쳐 놓은 것 같은 산기슭의 들판은 넉넉한 삶의 터를 만들었다.

제주의 땅 중에서 가장 재미있는 것은 용암이 일으켜 세운 '오름'인 듯싶다. 들판에 느닷없이 불쑥불쑥 솟아난 산이면서도 언덕처럼 느껴지는 것이 오름이다. 여기저기서 불거진 생김새가 마치 혹을 단 것 같기도 하고, 한라산의 자식 같아 귀엽기도 하다.

오름은 '오르다'라는 동사를 명사화한 것으로 보인다. 그러나 이 말을 뭍에서는 쓰지 않는다. 오로지 제주에서만 쓰는 독특하고 정감이 가는 말이다. 아니, 이곳 외에는 이 이름을 붙일 만한 지형을 찾아볼 수가 없으니 쓸 일도 없다.

산이 많은 뭍에서는 주말 산행 동호회가 인기이듯 제주에는 오름만을 오르는 동호회가 조직되어 있다. 생수를 사러 들린 조그만 슈퍼마켓 여주인도 주말 오름 동호회 회원이었다. 그녀는 제주 오름이 368개라고 가르쳐주었다.

말미 오름을 내려오면, 호젓하게 걸을 수 있는 숲길과 텅 빈 갈색 밭을 좌우로 둔 적요한 농로가 기다리고 있다. 다시 오를 또 하나의 오름을 위해 숨 고를 시간을 주는 것이다.

이윽고 알 오름이 나타난다. 알 오름에는 나무다운 나무가 없다. 소나무 몇 그루와 키 작은 관목들이 있긴 하지만 시선의 방해가 되지는 않는다. 오름 전체가 마치 초록색으로 뒤덮인 잔디밭 같다. 그래서 오름 아래에서 보아도 정상의 둥근 이마가 훤하게 보인다. 한걸음에 오를 수 있을 것 같다.

오름은 걷는 자를 위압하지 않는다. 편하게 맞아들인다. 산길을 걷는 것과는 다른 점이다. 산은 한눈에 제 속살을 보여주지 않는다. 제 모습을 나무와 바위로 가린다. 오르막길과 내리막길을 반복하고 계곡을 건너게 하면서 정상을 짐작하게 할 뿐 쉽게 열어 보여주지 않는다. 걷는 자의 상상 속에 산의 모습을 남겨놓는다. 격정적이고 고압적이다. 그만큼 긴장을 유발한다. 그래서 산사람들은 산에 오른다는 말을 입에 올리지 않는다. 산에 든다고 말한다. 마음을 가다듬고 조심스럽게 산에 들어야 하는 것이다.

제주의 오름은 뭍사람의 눈으로 보기에는 그 오름이 그 오름 같다. 변주를 극도로 아끼는 미니멀한 음악을 시각화해놓은 느낌이다. 그러나 맛은 다르다. 말미 오름은 오르면서 보는 것이 아니었다. 오름 정상에 앉아 쉬면서 밑을 내려다 봐야 오름 맛이 난다. 알 오름은 그와 정반대다. 밑에서 위를 보고 걸어야 한다. 그 맛이 일품이다. 꼭 길을 따라 걷지 않아도 된다. 걷는 곳이 모두 길이다. 파란 화살표가 길안내를 하고 있으나 여기서는 무시해도 길 잃어버릴 염려가 없다.

그리고 알 오름에서는 하늘과 잇댄 오름의 부드러운 능선을 눈여겨보아야 한다. 지평선과 수평선도 선을 사이에 두고 하늘과 땅 혹은 하늘과 물이 만나 두 개의 면을 만든다. 오름도 이와 같으나 앞의 것이 직선이라면, 오름의 선들은 곡선이다. 여기서 배경을 이루는 하늘은 땅의 조연에 불과하다.

간세걸음으로 걷다보면 오름의 능선을 중심으로 하늘과 오름의 면이 수시로 변하는 것을 느낄 수 있다. 오름 아래에서 바라보면 아랫면이 넓고, 걸음을 옮기어 정상에 가까워질수록 하늘 쪽 면적은 넓어지고 아래쪽 면은 좁아진다. 밝은 초록과 투명한 백색(아마도 하늘의 색은 그날 날씨에 따라 수시로 변할 것이다)의, 부드러운 곡선을 중심에 두고 수시로 변하지만 아주 심플한 구성체다. 다만 날씨와 시간에 따라 혹은 사람의 움직임에 따라 유동성이 크다. 그러니 알 오름을 오를 때는 오름의 선과 면, 체적의 변화를 꼭 보아야 한다.

결국 오름은 보는 것만 가지고도 예술이 된다. 고남수의 사진에 시인 이성복이 붙인 글을 모은 《오름 오르다》는 오름의 하염없는 곡선을 슬픔의 근원으로 보여주는 아름다운 산문집이다.

"저 물컹거리는 화면 속의 오름은 퍼질러 누워 봉긋한 배와 처진 가슴을 드러내고 잠자는 중년의 여인을 생각나게 한다."

사진가들에게도 오름은 훌륭한 작품의 소재다. 소나무 사진가로 유명한 배병우의 〈오름〉 시리즈는 오름의 변화에 주목한 사진으로

그의 중요한 작품 중 하나다. 사진을 보면 단순히 능선을 기준으로 아래쪽의 잔디밭과 위쪽의 하늘을 비교하며 다양하게 변주해 놓았다. 심플하지만 디자인적 요소가 풍부하다. 물론 변화의 중심에는 부드러운 오름의 곡선이 있다.

이곳 사람은 아니지만 제주도의 풍광에 미친 사진가, 그리고 결국 짧은 생을 제주도에서 마친 김영갑의 사진에도 오름은 주요 소재다. 그의 오름 사진은 하늘과 땅의 색의 변화에 민감했다. 그는 자연의 변화를 있는 그대로 보여주려고 했다.

좌측으로 눈을 주자, 나는 알 오름 너머로 아주 에로틱한, 그리고 참으로 절묘한 또 다른 오름 하나를 만날 수 있었다. 그 오름 이름이 무엇인지 모른다. 마치 임신 초기인 듯, 한 여인의 부푼 배가 포물선을 이루며 누워 있었다. 그렇게 완만하게 진행되다가 오른쪽으로 시선을 두면 봉긋하게 솟은 젖가슴을 볼 수 있다. 볼 수 있으나 만질 수 없는 에로스가 오름 너머의 오름에 수줍은 듯 몸을 숨긴다. 나는 가던 길을 멈추고, 바람 속에서 30분이나 잔디밭에 앉아서 오름 너머의 오름을 보는 즐거움을 즐겼다.

사족이겠지만 한 가지 더. 봉우리를 돌고 내려오면서 꼭 뒤를 돌아보시라. 만삭이 된 둥근 오름을 볼 수 있을 것이다. 그래서 알 오름인가 싶다. 물론 알 오름의 선 밑으로 감추어진 나머지 몸매는 상상하는 자의 몫이다.

바다를 닮았다

중산간(中山間: 산 중턱을 제주도에서 이르는 말) 도로를 빠져 나오면 만나는 아스팔트 길. 오가는 차가 뜸해 한적하지만 포근포근한 산길의 감촉을 기억하고 있는 발바닥은 이 딱딱한 길이 반가울 리 없다. 길은 여름 땡볕을 피할 그늘 하나 없지만, 그리 멀지 않다. 파이팅하자, 발이여.

종달1교차로까지 가면 1132번 도로와 만난다. 올레 위에서 수시로 만나는 1132번 도로. 기억해둘 만하다. 좌측은 제주 세화 방면이고 우측은 성산 서귀포. 올레꾼이라면 횡단보도를 건너 종달리로 들어가기를. 처음 만나는 해안 마을이다.

종달리는 제주도에서 소금밭을 처음 만들었던 곳이다. 염전이 없던 섬사람들은 갯바위에서 조금씩 소금을 만들어 썼다. 부족한 것은 뭍에 의존했다. 이를 안타깝게 여긴 선조 때의 제주 목사 강여가 종달리 갯벌을 소금밭으로 개발했다. 그러나 재미를 못 본 탓이었는지, 1968년에 방조제를 쌓아 간척지로 만들어버렸다. 그래도 1990년대까지는 농사도 지어 보았으나 그것도 옛이야기. 쌀이 남아돌자, 자연 폐답되어 지금은 억새만 무성하게 바람에 흔들리고 있었다. 땅을 두고 찢고 까분 인간의 행태를 지켜보았을 늙은 팽나무는 여전히 넉넉한 그늘을 드리우고 오가는 길손을 맞는다.

팍팍한 걸음은 시흥 바닷가가 위로해 준다. '연두밑'이란 아름다운 이름을 가진 해변. 방조제 밑으로 검은 돌밭이 끝없이 펼쳐진다. 썰물 때 미처 다른 물들과 함께 빠져나가지 못하고 갇혀 있는 바닷물 속에 검은 돌들이 빼곡히 박혀 있다.

그리고 '연두밑'이란 이름을 얻게 해준, 초록빛 갈파래들 역시 밀물에 파도를 타고 들어와서 그냥 주저앉았다. 투명한 물과 검은 돌, 그리고 연두색 바다풀들이 한통속이 되어 시흥 바닷가 풍경을 이뤘다.

검은 돌들 사이로 마치 갯벌의 게와 같은 움직임이 보인다. 조개 잡는 아낙네들이다. 검은 돌 틈에 섞인 사람은 돌 같기도 하고, 때로는 돌이 사람 같기도 하다. 그녀들은 여름 뙤약볕에 모래를 파고 조개를 잡는다. 그녀들은 밥벌이가 아닌 호기심과 재미로 길 건너 인근 리조트나 펜션 같은 고급 숙박업소에서 나온 휴양객들이다. 일 년에 단 며칠이라도, 노동도 휴식이 되는 삶을 살 수 있는 사람은 얼마나 행복할 것인가.

도로변에 붙은 허름한 간이음식점에 들어갔다. 주인 아주머니가 느리게 다가왔다. 해풍 탓인지 얼굴이며 팔이며 보이는 피부는 모두 색이 짙다. 내가 첫 손님인가? 하루 종일 몇 사람이나 오느냐고 묻고 싶었지만 참았다. 묻지도 않았는데 조개 칼국수를 권하며, 손가락으로 앞바다를 가리킨다. 그리고 "저 바다에서 잡은 조개로 끓였다"고 말을 얹었다.

내온 조개 칼국수에는 제주 바다가 들어 있었다. 조개들은 칼국수 틈에 끼어 부끄럽지도 않은 듯 제 몸을 드러냈고, 그 바다는 잔잔했다.

조개 칼국수를 먹고 있는 사이에 그녀의 눈에 바다가 어린 것을 보았다. 눈동자 속에 검은 돌밭이 어른거리고, 그 끝에 아이보리색 바다가 가지런히 누워 있었다. 그리고 하늘과 맞닿은 수평선이 그녀의 눈에 걸린다. 제주도에서는 남자보다 여자가 바다에 가깝다. 바다는 여인들의 일터이자 애인이다. 여인네들은 바다를 향해 험난한 삶을 이야기하고 바다는 듣기만 한다. 자기 이야기를 하지 않는 바다를 제주 여인들은 사랑한다.

바다인들 왜 할 말이 없겠는가? 그러나 바다는 그냥 바다가 된 것이 아니다. 물 중에서도 가장 낮은 자리에 있는 것이 바다가 아니냐. 바다는 바다가 되기 위해서 계곡의 바위에 몸을 이리저리 부딪치고 부서지면서 산을 내려 왔다. 깎아지는 절벽에서는 대책 없이 떨어지기도 했다. 한도 없는 긴 강물이 되어 수많은 산허리와 마을을 지나오기도 했다. 수많은 사연을 품으며 흘러오면서 가장 낮은 곳에 이르러 더 갈 곳이 없게 되었을 때, 바다가 되었다. 모든 물이 하나가 돼 바다가 되었다. 그러니 바다가 된다는 것은 모든 업을 끌어안음이고, 궂은 것 좋은 것을 따지지 않음이다. 그것이 바다다.

바다를 닮은 여자의 무아한 시선! 바다와 함께 생을 보내면서 바다를 닮아가는 여자. 여자는 이미 당신들을 위하여 바다가 되었다.

세상의 고됨과 한을 가슴에 안은 것이다. 그것이 그녀가 바다에서 배운 것이다.

물이 많은 곳, 그러나 가장 낮은 곳. 그곳을 우리는 바다라고 부른다. 제주 바다를 담아 칼국수를 끓이던 여자의 몸에서 비릿한 바다 냄새가 났다. 시흥 바닷가의 한 가난한 칼국수 집에서 바다가 된 여자를 보았다.

성산에 가면 사랑이 보인다

제주도
그 많은 바람은 소문의 배달원

투명한 하늘에
쪽빛 바닷물로 쓴 엽서 한 장 건네고……

산아
나, 바다가 되었어
너의 품이 많이 그리워

그 어린 옹달샘이?
바위틈에서 소란스럽던 철부지가?

바다가 보고픈 산은
먼 올레를 걸어 왔다.

가슴 속에 키우던 나무, 짐승 내려놓고
저 혼자 바다를 보러 왔다는 말인가?

그날 밤 파도로 몸 씻고
바람으로 몸 말린 산

별빛 무늬 곱게 수놓은 하늘 이불 아래
조금씩 바다 속으로 제 몸을 밀었고
바다의 뜨거운 숨결이 녹여 만든 엉*
산은 산으로 가지 않았다.

바람 부는 날
성산에 가면
사랑을 키우는 사람들로 만원이다

*엉 : 바닷가나 절벽 등에 뚫린 동굴의 제주 방언

머물 곳을 찾아 걷다

광치기 해변 – 온평 포구

비움의 묵언 수행

제2코스는 성산 방향으로 시원스럽게 뻗은 1119번 신작로를 건너, 방조제 길로 접어드는 좁은 샛길에서 시작한다. 올레길은 앞 코스의 끝나는 지점이 다음 코스의 시작점이 되는 경우가 대부분이나 제2코스는 출발 지점이 1코스 끝나는 곳과 다르기 때문에 길 잃은 올레꾼을 간혹 볼 수가 있다.

제2코스는 억새와 아주 긴 돌담, 그리고 야트막한 바위섬들이 조화를 이룬 아름다운 숭어 양식장을 따라 걷는 것으로 시작된다. 바다를 막아서 만든 평균 수심 120센티미터, 면적 155헥타르의 양식장은 오조리 마을을 벗어날 때까지 볼 수 있다. 특히 이곳은 세계적 희귀종인 노랑부리저어새가 한겨울을 보내는 곳으로도 유명하다. 그래서 겨울 진객들이 찾아오는 시월부터 이듬해 사월까지 이곳을 찾는 올레꾼들은 조심 또 조심해야 한다.

걷는 위치에 따라 수시로 그 모습이 바뀌는 성산을 곁눈질로 보며 걷다보면 어느새 오조리에 들어서게 되는데, 오조리 마을 올레를 맛볼 수 있는 정감 가는 해안 마을이다.

두 번째 길

→

57

이 코스 역시 두 개의 오름이 기다린다. 아담한 식산봉과 듬직한 대수산봉이 그것이다. 대수산봉을 내려오면 고성리 공동묘지를 만난다. 내가 지나갈 때는 벌초가 안 된 탓에 검불이 묘 등을 덮어, 언뜻 보면 공동묘지인지 야산인지 구분이 안 됐다.

제주도는 벌초 시기가 정해져 있다. 아무리 늦어도 추석 명절 전까지는 벌초를 끝내야 도리다. 그렇지 않으면 "(조상이)덤불 쓰고 명절 먹으러 오는 것을 각오해야 한다"는 제주 말이 있을 정도다.

코스의 마지막으로 들를 곳은 혼인지다. 인간이면서 한편으로 신이기도 했던 제주의 시조들인 고씨, 양씨, 부씨가 합동으로 장가든 곳이다. 땅 속 바위 동굴에 방이 셋 있다. 사이좋게 서로 한 방씩 나누어 썼던 것 같다.

힘내서 이곳을 지나 온평 포구에 도착하면 약 17킬로미터의 제2코스가 끝난다. 수고 많았다, 육체여!

여행에도 기술이 필요하다면 그게 뭘까? 알랭 드 보통의 여행 에세이를 보면 그는 여행을 예술(art)의 경지까지 염두에 두고 있는 것 같다. 책의 원제가 'The art of travel'이다. 'art'를 기술로 번역할 수도 있겠지만 개인적으로는 예술이란 단어가 더욱 맘에 든다. 여행이 예술이 되려면 무엇을 염두에 두어야 할까?

나는 그것을 비움이라고 생각한다. 여행은 버리고 떠나야 여행답다. 특히 오랜 기간 떠나는 배낭여행에서는 더욱 그렇다. 매일 걸어야 하는 사람에게 무거운 배낭은 그대로 짐이다. 최소로 짐을 '다이어트' 해야 한다. 무얼 가지고 떠날 것이냐보다 무엇을 놓고 떠날 것이냐를 고민하는 것이 현명하다.

나 역시 최소로 챙겼다고 생각하고 출발했는데 그래도 짐이 많았다. 나중에는 마음의 짐까지 됐다. 내 경우는 카메라가 문제였다. 중형 카메라와 소형 카메라, 카메라에 따른 각종 렌즈와 삼각대. 그것만으로 이미 배낭이 하나 가득이었다. 하루를 걷고 보니 역시 힘들었다. 며칠을 배낭을 메고 걸을 자신이 없어져, 결국 모든 짐을 숙소에 맡겨 버렸다.

2코스는 카메라 한 대와 렌즈만을 가지고 출발했다. 한결 마음도 발걸음도 가볍다. 아침 햇살이 방조제를 건너와 잔잔한 숭어 양식장을 황금빛으로 물들였다. 돌 많은 고장답게 양식장에도 드문드문 긴 돌담이 늘어서 있다.

제주도에서는 돌로 못하는 것이 없다. 이렇게 바닷물을 막기 위해서 쌓은 돌담을 '원담'이라고 한다. 밀물 때 들어온 고기들은 저 담 때문에 썰물 때도 쉽게 바다로 가지 못한다. 길 잃은 불쌍한 고기들! 수족관 속의 고기 꼴이 되는 것이다. 그러나 오늘은 길 잃은 고기보다도 거무튀튀한 돌담에 앉아 있는 백로에 먼저 관심이 갔다.

백로는 대표적인 여름 철새다. 제비처럼 강남으로부터 날아와서 날씨가 쌀쌀해지면 다시 따뜻한 남쪽 나라로 간다. 그 무렵이면 이번에는 겨울 철새인 저어새가 다시 이곳을 찾는다. 저어새는 추운 북쪽으로부터 날아온다. 그들에게 제주도는 따뜻한 남쪽 나라인 셈이다. 철을 달리해서 한 집을 사이좋게 나누어 쓰는 여름새와 겨울새들. 욕심 많은 사람보다 낫다.

지금 백로는 바다를 건너는 긴 만행 끝에 도착한 이곳, 저 검은 돌 위에서 여름 한철 하안거(4월 보름부터 7월 보름까지 승려들이 외부와의 출입을 끊고 참선 수행에 몰두하는 행사)에 들어갔다. 불자들의 수행 자세는 좌선이다. 좌선은 깨달음을 얻는 한 방법이다. 단정히 앉아서 심신을 바르게 하고, 눈을 감고, 턱을 당겨 입을 다물고, 마음을 좌선하는 앞쪽에 집중시켜야 한다. 불가에서는 만행과 좌선이야말로 견성(見性)을 위한 가장 단순한 그러나 가장 고된 용맹정진의 방법이라 생각한다.

백로는 최소한의 소유인 바랑도 메지 않고 바다를 건너왔다. 죽비인 양 제 날개로 제 몸을 매질해가며 바다를 날아왔다. 그래야 끝까지 날 수 있다는 것을 저들은 안다. 가서 무엇을 먹을까 어디서 잘까 염려하지도 않는다. 자연은 그들의 필요를 알고 있고, 욕심을 버리는 것이 마음의 짐을 더는 것임을 그들 또한 알고 있다.

그러기에 백로는 저 먹을 양만큼만 먹고, 남는 시간은 수행에 쓴다. 그들은 앉지 않는다. 긴 두 다리로 흔들림 없이 서서 묵언 수행을 한다. 백로의 용맹정진을 보며 길을 걷는 사람들은 무슨 생각을 할까? 이 길을 벗어나 각자 삶의 자리로 귀환할 때쯤, 마음의 짐을 얼마나 벗고 떠날까, 아니면 더 큰 마음의 짐을 가지고 떠날까?

"백로야, 너는 어떠냐!"

옛 올레길에 서다

만약에 근대와 전근대를 선 하나로 구분할 수 있다면? 곧게 뻗어 나간 직선의 기찻길은 근대이고, 곡선과 직선이 어지럽게 교차하는 기찻길 옆 오두막은 전근대라 하여도 무방하리라.

근대 도시의 기본선은 직선이 될 수밖에 없다. 직선은 효율이고 문명이기 때문이다. 하지만 올레는 곡선이다. 전근대적이다. 그래서 이 길에 선 사람들은 편안함을 느낀다. 반면 아스팔트나 시멘트가 덮인, 아스라이 소실점이 보이는 신작로에 서면 왠지 정신이 아뜩해진다.

도시를 떠나 올레를 찾는 사람들은 문명의 혜택이 아니라 마음의 평화를 느끼고자 한다. 문명은 고압적이고 차별적이다. 어떤 계급적 층위가 느껴진다. 그래서 불편하다. 위계가 느껴지지 않는 편안한 문화, 그것이 좋은 문화다. 백범의 《나의 소원》에는 그가 꿈꾸는 좋은 문화를 설명하는 대목이 나온다.

"오직 한없이 가지고 싶은 것은 높은 문화의 힘이다. 문화의 힘은 우리 자신을 행복하게 하고 나아가서 남에게 행복을 주기 때문이다."

왜 우린 물질적으로 풍요하고 기술적으로 진보한 문명 세상에 살고 있는데, 약물 중독이나 스트레스, 우울증 같은 병리현상이 늘고 스스로 목숨을 끊는 사람 역시 해마다 늘어나는 것일까? 또한 알지도 못한 새로운 병들이 나타나 우릴 괴롭히는 것일까? 이미 알고 있었을까? 18세기에 루소는 과감히 '옐로카드'를 꺼내 들었다.

"자연에 반하는 삶은 인간에게 불평등과 예속과 불행을 가져다준다."

이성의 도구화에 절망하고 문명의 야만성에 반대하는 사람들이 늘어난다. 아마 올레를 찾은 사람들도 도시의 삶에 지친 사람들이 한때나마 마음의 고향, 느린 삶을 찾아 나선 것이 아닐까.

오조리 마을에 들어서자 사람의 온기가 느껴졌다. 느린 삶들이 마을 팽나무 그늘 아래에 펼쳐져 있는 것이 보인다. 평상에 누워 설핏 잠이 든 할망. 팽나무에서 매미가 한 옥타브 높은 목소리로 자장가를 열심히 부른다. 할망 옆에 아직 젊은 몇몇 아낙네들이 도란도란 이야기를 이어간다. 아마도 도시로 나간 아이들 이야기와 어느 집 딸아이의 시집 간 이야기로 길고 긴 여름 한낮의 더위를 잊을 것이다.

다른 한편에서는 할아버지가 불볕에 달아오른 담벼락에 연신 찬물을 끼얹어 식히고 있다. 급할 것이 하나도 없어 보인다. 나를 보더니 주름진 얼굴 가득 큼지막한 웃음이 피어오른다. 어디서 왔냐고 물을 법도 한데, 다시 돌아서서 또 물을 뿌린다.

오조리 마을이 더욱 정겨운 것은 옛 올레의 흔적들이 곳곳에 남아 있기 때문이었다. '올레'라는 말은 원래 육지에서 흔히 보는 골목길을 일컫는 제주도 말이다. 그러나 그 쓰임새나 의미까지 똑같은 것은 아니다. 육지에서 골목길은 단순히 여러 집 앞을 지나는 공간만을 뜻하지만, 제주도에서는 도로에서부터 집 마당까지 들어오는 모든 길을 올레라고 부른다. 공적 공간으로서의 길과 사유 공간이지만 이웃과 함께 나누는 길도 올레가 되는 것이다. 그러기에 사유 공간인 집 입구도 외부인을 통제하기 위한 어떤 시설도 하지 않아 열린 공간이 된다.

제주도 골목길은 부르는 이름도 여럿이다. 마을로 들어서는 큰길에서부터 각 집에 이르는 길까지, 여러 길들의 이름과 역할이 서로 다른 것이다. 마을과 연결된 제일 멀고 큰길을 제주도 방언으로 '한질'이라고 한다. 한질은 동네로 들어서는 '거릿길'과 이어지고, '거릿길'에서 다시 나뉘어 각 올레와 연결되는 길이 '먼 올레'다. '먼 올레'에서 갈라져서 각각의 집으로 이르는 좁은 골목길이 통상 우리가 칭하는 올레다. 여기서 동선이 이문간(대문)까지 이어지면 '진입 올레'라고 세분하여 말하기도 한다.

그러니까 집 안으로 들어설 때까지, 한질-거릿길-먼 올레-올레-진입 올레 순으로 큰길에서 작은 길로, 길이 길을 물고 이어지는 셈이다.

올레의 전통적인 형태는 1.5에서 1.8미터 높이의 양쪽 돌담을 낀, 그 폭이 약 2미터 전후의 좁은 골목이다. 물론 직선이 아닌 유

꼬부랑 올레에 들어서면 길이 길을 물고,
길이 길 뒤에 숨는다.

연하게 휘어지는 곡선이어서 공간의 리듬이 느껴진다. 부드럽게 휘어지며 돌아가는 검은 돌담과 길은 멋스럽기도 하지만, 자연스럽게 각 세대 간의 프라이버시를 보호하는 의미 있는 건축적 요소이기도 하다. 다시 말해 올레는 열려 있으면서 동시에 닫혀 있는 것이다. "올레는 길수록 좋다"는 제주도의 전래되는 말에 자연 고개가 끄덕여진다.

그러나 요즘은 긴 올레를 보기 힘들다. 그것도 문명 탓이다. 집집마다 자가용을 구입하면서 긴 올레는 불편하고 거추장스러운 것이 되어버린 것이다. 올레가 끝나면 만날 수 있었던, 이문간의 정주목이나 정낭도 지금은 만나는 것이 귀한 것이 되었다. 그것들 역시 문명에 밀려 설 자리를 잃고, 삶의 터에서 사라져버린 탓이다. 박물관이나 관광용으로 만들어진 건물에서나 볼 수 있는 제주도의 옛 모습이 되어버린 것이다. 허전하다.

고을나, 양을나, 부을나

고을나, 양을나, 부을나.

제주도의 시조들이다.

그리스로마 신화에 등장하는 신들도 그렇고, 성경이 전하는 인간의 족보도 잘 정리되어 있건만, 그들의 양친을 나는 모르겠다. 이들은 땅 속에서 어느 날 불쑥 솟았다. 그것도 한번에 셋이나. 한라산 북쪽 모흥혈(지금의 삼성혈)이라는 곳에서다.

세 신인(神人)이 땅 속에서 인간의 모습을 하고, 그것도 다 큰 어른의 모습으로 불쑥 튀어 나왔으니 참으로 기이하고도 기이하다. 그러나 이 일을 신화로 돌리기에는 세 신인의 후손이라 불리는 사람들이 매년 봄가을에 소, 돼지를 제물로 써 대제(大祭)를 올리고 있으니, 세 성씨의 뿌리는 땅 속으로 해두어야겠다.

세 을나는 얼마나 외로웠을까? 아무리 에덴동산이 좋다 하더라도 외로움은 그리움만큼이나 무서운 것인데. 그러니 아담은 아까운 제 갈비뼈 하나를 뽑아서 하와를 만든 것 아닌가? 인류 최초의 '팜므 파탈'을 아담 스스로가 만들었으니, 에덴에서 추방된다 해도 누구를 탓할 필요가 없다. 위험을 무릅쓰고라도 짝을 두고 싶은 것이 모든 수컷들의 공동 운명인 걸 어쩌겠는가.

그런데 땅 속에서 불쑥 튀어나온 세 신인에게 펼쳐진 곳은 낙원이 아니었다. 아차, 싶었겠지만 다시 땅 속으로 되돌아갈 수도 없는 일. 기왕 땅에서 솟아날 바에야 무릉도원에서 솟아났으면 그리 생고생은 안 해도 됐을 것이다. 그런데 아무것도 가진 것 없이 척박한 땅에서 불쑥 솟아올랐으니, 맨 땅에 헤딩하는 격이다. 짐승 잡고, 고기 잡아 먹고 하루하루 동굴에서 사는 일용 노동자 생활이 오죽했겠는가? 그리스 신들의 화려하고 폼 나는 생활이나 땅을 밟자마자 대접받은 이집트의 신인인 오시리스를 떠올리면 이 세 신인의 남루한 생활은 신인이라고 할 수도 없는, 말 그대로 노숙자가 아닌가.

그러나 묵묵히 살다보면 하늘도 돕는다. 더욱이 세 을나는 신이면서 인간인데……. 이들에게도 기회가 찾아왔다. 그날따라 한라산 꼭대기에 올라 바다를 둘러보니 동쪽 바다에 오색찬란한 물체가 보이는 것이었다. 눈이 번쩍. '육백만 불의 사나이'처럼 이 물체를 줌 인, 줌 아웃해서 살펴보니 범상치 않은 물건인 것은 확실하다. 눈썹이 휘날리고 발바닥에 불이 나도록 달려 도착한 곳이 지금의 온평리 바닷가다.

횡재가 따로 있는 것이 아니다. 바닷물에 떠밀려온 나무 상자를 열어보니 그 안에 알 모양의 둥근 옥함이 있었고, 지금으로 말하면 중매쟁이쯤 되는 사자도 함께 있었다. 사자가 세 신인들에게 경배하고 옥함을 열자 푸른 옷 입은 아리따운 여인이 셋, 그리고 소와 말, 오곡 종자가 함께 들어 있었다. 이게 굴러들어온 박이 아니고 무엇이겠는가?

사자가 전하는 말인즉, 이들은 벽랑국의 공주로 자기 나라에서 마땅한 배필을 구하지 못해서 임금이 이곳으로 보냈다는 것이다. 첫 인상에 세 을나가 맘에 쏙 든 것인지 "마땅히 세 공주를 배필로 삼아 나라를 세우시기를……" 하고 사자는 홀연히 사라졌다. 이래서 탐라 최초의 '합동 국제결혼'이 성사된 것이다.

아마도 세 신인이나 세 공주나 별로 선택의 여지가 없었을 것이다. 그냥 누군가 찍어야 했다. 이 경우는 이미 아담과 하와의 사이에도 일어난 일이다. 에덴에서 하와는 아담이 계속 자기를 사랑하는지 믿을 수가 없어서 확인하고 확인했다. 여자들은 늘 확인을 좋아한다. 에덴 시절 이후의 전통이다. 이에 아담의 말 "암, 사랑하고 말고. 그런데 여기 너 말고 누가 또 있니?" 하긴 그렇다. 에덴에 여자라고는 자기 혼자인데 어디로 눈을 돌리겠는가 말이다. 만약 아담이 입담 좋기로 소문난 오스카 와일드쯤 된다면? "남자란 일단 여자를 사랑하게 되는 날에 그 여자를 위하여 무엇이든지 해주지만, 단 한 가지 해주지 않은 것은, 언제까지든 계속해서 사랑해주는 일"이라고 말하지 않았을까?

3 대 3 미팅이 어떻게 진행됐는지 신화는 전하지 않지만, 뒷말이 없는 것으로 보아서 큰 불만 없이 짝짓기에 성공한 것으로 보인다.

온평리 바닷가에서 혼인지까지는 약 1.5킬로미터 정도다. 느리게 걷는 데이트 코스로 딱 적당하다. 둘씩 짝지어서 바닷가부터 여

첫날밤을 맞는 세 공주,
푸른 옷 벗어두고 몸을 씻다.

기 혼인지까지 걸어왔을 것이다. 그리고 그날 혼인까지 진도가 나간 것은 안 봐도 비디오. 그 밤, 공주들은 신방 옆에 마련된 연못에서 첫날밤을 위해 목욕을 했다. 공중목욕탕은 지금도 보전이 잘 되어 있다. 그러나 연못물은 조금 간간하다. 아무래도 그날 공주들이 목욕 중에 '실례'를 했을 가능성이 크다. 올레꾼들은 살짝 입술에 물을 축여 확인해볼 일이다.

거기까지는 좋다. 첫날밤을 보내기 위해서 세 을나가 공주를 안내한 신방은 참으로 민망하고 실망스럽다. 움푹하고 축축하고 어두운 동굴에서, 첫날밤을, 그것도 한 동굴에서, 세 신인이 함께 보내다니. 선선히 따라준 벽랑국 공주들이 대단하다.

이곳을 찾은 사람들은 서너 계단을 내려가 동굴 속을 본다. 동굴은 세 갈래로 갈라져 있는데 어두워서 분간이 잘 안됐다. 나도 그랬지만 혼인지를 찾는 사람들은 남의 신방에 염치없이 카메라를 들이댄다.

이렇게 곤궁하게 시작한 세 커플의 신접살림 터가 지금은 대궐 같은 건물이 들어서고 수목이 우거지고 고운 잔디가 깔린 대저택으로 변해 있다. 그들은 흙으로 다시 돌아간 후에야 남부러울 것 없는 집을 갖게 된 것이다. 가진 것 없이 혈거 생활부터 시작하여 나라를 세우고, 후손을 이처럼 번성하게 했으니, 그들 부부들이야말로 자수성가한 사람의 표본으로 삼아도 좋을 듯싶다.

세 번째 길

보이지 않는 길을 걷다

온평 포구 - 표선 백사장

탐라 지킴이

비너스를 그릴 때는 벌거숭이로 그려야 한다. 미술의 많은 대가들도 그리 그렸다. 그중 제일 미끈하게 잘 빠진 몸매를 자랑하는 것이 15세기 후반에 보티첼리가 그린 비너스다. 이 비너스, 바람에 이끌려 마치 윈드서핑 하듯 조개껍질을 타고 도착했다. 세 명의 벽랑국 공주 역시 파도를 타고 제주 연안에 나타났지만, 결혼을 염두에 두고 집 떠난 예비 신부 체면이기에 쉽게 몸매를 보여줄 수는 없었을 터. 푸른 옷을 곱게 차려입고, 함 속에 조신하게 숨겨져 바닷가에 당도했던 것이다.

제3코스는 그녀들이 밀려온 온평 포구에서부터 시작한다. 그리고 난산리 중산간 마을로 들어서게 된다. 가장 긴 중산간 마을 올레가 시작되는 것이다. 그다지 인기 있는 코스는 아니다. 전 코스를 완주할 목적이 없는 사람들은 3코스를 슬쩍 지나치기도 한다.

사실 제3코스를 걷다보면 눈요깃거리가 별로 없다. 인기척 없는 올레가 막막하게 펼쳐지고, 산간 도로를 빠져나올 때까지 지천으로 널린 귤밭을 벗으로 삼아야 한다. 그러니 무엇을 보고 즐기며 걷는 올레가 아니라, 그냥 무심하게 걸어야 하는 올레다. 어쩌면 처음으로 밖보다는 자신의 속을 응시하며 묵묵히 걸을 수 있는 올레이기도 하다. 밖의 풍경과 비교하면, 마음의 풍경은 훨씬 변덕스럽고 다채롭지 않은가.

무심한 걷기가 끝날 때쯤, 섬에 홀리고 필름에 홀려 제주도 사진만 찍다가 그만 몹쓸 병으로 요절한 사진가 김영갑의 흔적이 남아 있는 갤러리 두모악이 나타난다.

그리고 기대하시라. 제3코스의 하이라이트 바당 올레(바닷길 올레)가 고단한 여행자를 위로할 것이다. 그 푸른 초장에 서면 멀리 서쪽으로 표선 해수욕장의 드넓은 백사장이 눈에 밟힌다. 어서 오라고 손짓하는 것 같다. 가자. 그리고 신고 온 신발을 벗어들고 바닷물에 첨벙거리며 백사장을 걷자. 22킬로미터를 걸어온 두 발이 얼마나 좋아하는지 알 것이다.

다시 필름을 22킬로미터 전, 난산리로 되돌린다. 길 떠나야 할 사람들에게 하늘이 이렇게 무서운 줄 처음 알았다. 새벽부터 올레꾼들은 하늘 눈치를 살폈다. 아직 뜸을 들이고 있지만 오늘 이곳 일기예보는 계속 비. 장마철에 그 유명한 제주 바람까지 동원된다면 장난이 아닌 것을 알 만한 사람들은 모두 알고 있으니 하늘 눈치를 안 볼 수가 없는 것이다. 그러나 언제 또 걸어보겠나.

"그래, 떠나는 거야."

난산리에 들어서니 실비가 시작됐다. 2000원짜리 비닐 우의를 꺼내 입었다. 도움이 될지 어쩔지……. 추적추적 비를 맞으며 귤밭 사이 길을 걷는다. 아직 초록빛이지만 탱탱하게 살이 오른 귤들이 빗물에 기운을 얻는다. 걷는 사람이야 알 바 없다는 듯, 좋아하는 것이 역력하다.

어디쯤 왔을까? 허름해 보이는 빈 창고에서 어떤 기척을 느꼈다. 부부로 보이는 늙은 두 노인네가 쪼그리고 앉아 있다. 언제부터인지 비를 맞고 걸어오는 나를 계속 쳐다보고 있었던 것 같았다. 노인들 옆에 비에 흠씬 젖은 개 한 마리도 무연히 앉아 있었다.

"혼저옵서, 어디서 왐수꽈?"

"서울이요, 안녕하우꽈? 두 분은 난산리에 사세요?"

하르방은 뭐 볼 게 있어서 이 비를 맞으며 시골 마을을 걷느냐고 쯔쯔 혀를 찬다. 이분들로서는 이해불가능이다. 며칠째 제주도를 걷고 있지만 들에서 일하는 사람을 거의 못 봤다고 하자, 고개를 끄덕인다. 밭일은 늙은이들의 몫이라고 했다. 십 년 후쯤, 우리 같은 늙은이들이 모두 다 죽고 나면, 일할 사람이 어디 있겠느냐는 말을 덧붙인다. 해변 음식점에서 일해서 받는 삯이 화덕 같은 여름 볕에 그을리며 얻는 수입보다 좋은데 젊은이들이 밭일을 하겠느냐고, 당치도 않다는 듯 손사래를 쳤다. 제주도는 그렇게 변해가고 있다. 해변 마을을 중심으로 시작된 개발 붐이 언젠가는 중산간 마을까지 들불처럼 번져나갈 것이다.

그들과 헤어지고 걷다보니 어느 동백나무 그늘 아래에서 방금 지나친 할아버지를 닮은 돌하르방을 만났다.

'돌로 만든 할아버지'를 이르는 제주도 말이 돌하르방이다. 툭 튀어나온 왕방울 눈, 한 주먹은 될 만한 주먹코, 꽉 다문 입, 하나는 가슴에 다른 하나는 배에 놓인 손. 무엇보다도 흥미로운 것은 할아버지가 쓰고 있는 챙이 짧은 벙거지다. 벙거지를 쓰고 있는 모습이 마치 남자의 '거시기'를 꼭 닮지 않았는가? 속설이지만 푹 팬 한라산 백록담이 여자의 음부를 닮았고, 그 음기가 너무 강해서 이를 막기 위해 돌하르방을 만들었다는 이야기가 제법 설득력 있게 들린다. 믿거나 말거나 음기를 막기 위해 제주의 각 성문 앞에 돌하르방을 세워둔 것이다. 또 코를 보면 남자의 물건 크기나 정력을 가늠해볼 수 있다는 오래된 설 때문인지 여인들은 저 벙거지를 정성스럽게 만지고, 돌하르방 코를 뜯어다가 곱게 갈아서 마셨다는데, 그 뒷이야기는 알 길이 없다.

이곳에는 우리가 알고 있는 돌하르방, 또는 제주 여행길에 기념품으로 사가지고 오는 돌하르방(이들의 출신지는 제주목이다)과는 전혀 다른 돌하르방이 무심한 표정으로 어느 집의 이문간 앞에 서 있었다.

돌하르방이라고 다 같은 돌하르방은 아니다. 제주시에 있는 것과 남쪽 마을인 대정이나 정의 마을에 있는 것은 크기와 모양이 조금씩 다르다. 정의와 대정 마을의 돌하르방은 몸집에 비해서 얼굴이 크고 유머러스한 것이 특징이다.

제주도의 트레이드마크가 된 돌하르방을 제주도 어디서나 쉽게 만날 수 있는 것은 아니다. 오리지널 돌하르방은 제주시에 21기, 대정에 12기, 정의 마을에 12기, 경복궁 국립민속박물관에 2기, 불과 47기뿐이다. 여행 중에 만나는 대부분의 돌하르방은 '짜가'인 셈이다. 그래도 제주시 조천읍 북촌에 있는 북촌 돌하르방 공원의 그것보다는 삶의 터에서 만나는 돌하르방이 생동감 있고 살갑다.

돌하르방뿐 아니라, 또 다른 제주도 자랑거리인 동자석도 많이 보였으면 좋겠다. 무덤 앞에 마주보며 서서 죽은 자의 외로움을 달래주던 동자석. 어린아이의 순진무구함이 묻어나는 동화적 상상력의 산물인 동자석도 '짝가'여도 좋으니, 돌하르방과 함께 많이 만들어보면 어떨까?

연둣빛 초장을 흐르는 안개

어느 짐승이 뜨거운 입김을 저리 뿜어냈을까? 마을 앞에서 당연히 보여야 하는 통 오름은 그 형태를 짐작도 할 수 없었다. 이곳 난산리 할망은 근심스러움과 안타까움을 어쩌지 못하고 드러낸다. 안개가 너무 짙게 깔렸다고. 그러면 길 잃어버리기 십상이라고. 마을 사람들도 이런 안개가 낀 날은 오름에 안 올라간다고 말렸다. 나의 초행길이 계속 마음에 쓰인 것이다.

그런데 내 마음은 벌써 콩밭에 가 있다. 안개 낀 오름이라! 이게 어디 쉽게 볼 수 있는 경치인가 말이다. 별것도 아닌 풍경을 근사하게 바꾸어 버리는 데에는 안개만한 것이 없다. 어둠처럼 검은 보자기로 세상을 보쌈해버리는 것도 아니고, 햇빛처럼 모든 것을 백일하에 까발리지도 않는다. 안개는 볼 수 있는 거리와 볼 수 없는 거리 모두를 꿈으로 채운다.

안개들은 한 곳에 머물지 않고 이곳저곳으로 옮겨 다니면서 풍경을 변주한다. 중요한 것은 안개가 풍경을 얼마나 지우느냐에 달려 있다. 먼 곳일수록 싹싹 지우고, 가까운 곳일수록 지우는 것이 조심스러워야 한다. 드러내야 할 대상의 근경과 중경, 원경을 지워가며 조화를 부린다.

연둣빛 오름의 풍경은 안개 속에서 몸을 풀고, 나는 그 미끈한 몸속으로 몽유병 환자처럼 들어갔다. 마치 사랑처럼 있지만 잡을 수 없는 실체가 안개다. 눈에 보이는 안개이기에 갈 길을 알 것 같아서 무심코 안개 속으로 들어가면, 사랑의 미로를 헤매듯 길을 잃기도 한다.

그런 경험이 있다. 어느 해인가 저처럼 짙은 안개를 지리산의 세석평전에서 장터목으로 가는 길에 만났다. 포개진 산맥의 능선들이 하나둘씩 어둠에 불려갈 저녁 무렵이었던 것 같다. 이미 그 길은 여러 차례 다닌 경험이 있어서 눈 감고도 갈 수 있다고 믿는 길이기도 했다. 일행들이 나를 지리산 종주 길잡이로 삼은 것도 그런 '짬밥'을 인정한다는 뜻이었을 것이다. 물론 자신도 있었다.

안개 속으로 들어선 나는 당연히 일행들이 뒤쫓아올 것으로 믿었다. 그런데 웬일인가? 걷다가 뒤돌아보니 어찌된 일인지 아무도 보이지 않았다. 자욱한 밤안개만이 뒤에 가득 쌓여 있었다. 갑자기 무서움이 밀려왔다. 일행의 이름을 한 사람씩 불러보았지만, 소리는 안개 속에서 풀어지고 바람에 날려 어딘가로 사라졌다. 이러기를 얼마쯤 되었을까? 그나마 남아 있던 빛은 점점 사라지고 산길은 어둠으로 지워지고 있었다.

앞으로 더 갈 수도, 뒤로 되돌아갈 수도 없이 안개 속에 갇혀버렸다. 마치 바위처럼 몸은 굳어져버리고, 구원을 요청하는 목소리도 점점 기진해져 갔다. 그날 밤늦게 구조대가 날 찾아냈고, 그제야 겨우 안개로부터 풀려날 수 있었다. 안개는 마치 꿈처럼 아름답지만 그것이 치명적인 아름다움이라는 것을 그때 비로소 알았다.

안개는 가야할 길을 막아버린다. 그리고 안개에 갇혀 잠시 머무를 수는 있겠지만 그곳에서 살 수는 없다. 그래서 안개처럼 아름다운 순수에 묻혀서 살 수 없다는 것은 아쉬운 일인 동시에 다행스러운 일이기도 하다. 1960년대 김승옥이 쓴 가장 아름다운 안개 소설 《무진 기행》의 주인공 '나'도 그렇다. 어린 시절의 순수를 동경하여 무진이라는 안개 마을을 다시 찾지만 이제 '나'는 무진에 머무를 수 없는 이방인이 되어버린 것을 알게된다. 그래서 주인공은 부끄러움을 감춘 채 무진을 떠나는 것이다.

"무진에 명산물이 없는 것은 아니다. 나는 그것이 무엇인지 알고 있다. 그것은 안개다. 아침에 잠자리에서 일어나서 밖으로 나오면, 밤 사이에 진주해온 적군들처럼 안개가 무진을 뺑 둘러싸고 있는 것이었다. 무진을 둘러싸고 있는 산들도 안개에 의해서 보이지 않는 먼 곳으로 유배당해버리고 없었다. (……) 안개, 무진의 안개, 무진의 아침에 사람들이 만나는 안개, 사람들로 하여금 해를, 바람을 간절히 부르게 하는 무진의 안개……. 결국 덜컹거리며 달리는 버스 안에서 길가에 세워진 하얀 팻말, 거기에 써진 선명한 검은 글씨 "당신은 무진읍을 떠나고 있습니다. 안녕히 가십시오."를 읽으며 '나'는 부끄럽게 무진을 떠나는 것이다. 그리고 다시 서울(도시)로 간다."

아름다운 것은 일시적이다. 나는 아름다운 것들을 계속 향유할 수가 없다. 이제는 숲으로 갈 수 없어 도시의 텃새가 되어버린 새들이 아이들이 흘린 과자 부스러기나 쓰레기 더미를 뒤지듯, 아름다웠던 어린시절은 잊은 채 밥을 위해 바람 부는 도시의 골목을 헤매는 사람들아! 이것은 도시인의 슬픔이다.

도시에서 이곳으로 올 때, 나 역시 이미 돌아갈 계획을 세워두고 왔다. 그러니 저 아름다움은 나의 것이 아니라, 난산리 할망의 것이리라.

언제 다시 통 오름의 안개를 만나겠는가? 안개 낀 통 오름을 뒤로하고 이렇게 혼잣말로 중얼거린다.

"당신은 안개 자욱한 통 오름을 떠나고 있습니다. 안녕히 가십시오."

그리고 부끄러운 마음으로 다시 도시로 가리라. 그러나 어떻게 잊을 수가 있겠는가? 연둣빛 초장에 진주해 있는 그 아련한 안개를 말이다.

잘 가게, 친구여

통 오름, 독자봉을 거쳐 삼달리에 도착하니 오다말다 하던 빗방울 씨알이 굵어졌다. 앞을 구분할 수 없을 정도의 빗줄기로 변했다. 길 옆 버스정류장 처마 밑으로 급히 들어가 빗줄기를 피하기로 했다. 건너편 버스정류장 간이의자에도 나처럼 비를 피해 잠시 들른 듯, 두 처녀들이 앉아 있다. 그리고 작은 배낭 속을 뒤져 은박지에 싼 주먹밥을 꺼내 먹기 시작했다. 그것을 보자 잊었던 시장기가 갑자기 찾아왔다.

제3코스의 대부분을 중산간 길 위에 있어야 하는 올레꾼들에게 아쉬운 것은 점심을 해결할 수 있는 음식점이 없다는 것이다. 숙소에서 주먹밥을 챙겨 가라고 한 말이 그냥 빈말이 아니었다.

내 속이 헛헛하고 허기진 것을 알았을까? 처녀 하나가 은박지에 싼 주먹밥을 들고 내게로 왔다.

"우린 하나 가지고 둘이 먹으면 되요. 하나 남으니까 좀 드세요."

그리고 고맙다는 인사를 할 새도 없이 다시 빗속을 건너 맞은편으로 돌아갔다. 꾸벅 인사를 하고 손을 흔들어보였다. 저쪽에서도 환한 얼굴로 손을 흔든다.

세 번째 길

95

저쪽과 이쪽 사이에 굵은 빗발이 아스팔트에 꽂히듯 떨어졌고, 빗줄기는 다시 튀어 올라 꽃처럼 피어났다. 나는 그것을 '빗꽃'이라고 부르기로 했다.

　빗줄기가 뜸해지자 우린 어느새 한 팀이 되어 비에 젖은 아스팔트 위를 앞뒤로 걷고 있었다. 목적지는 김영갑 갤러리. 아주 오랜만에 이 이름을 입술에 올려보았다. 십수 년 전 그가 이름 없던 시절, 8×10인치로 샘플 프린트된 사진을 가지고 나를 찾아왔었다. 꽁지머리를 하고, 수줍은 듯 자기를 잘 설명하지 못했다. 모든 사진은 제주도의 아름다운 풍광들이 찍힌 것이었다. 잘 찍힌 사진들이었지만 그렇다고 작품성이 뛰어난 것은 아니었다. 여하튼 그것이 인연이 되어 나는 그의 사진을 교보문고에서 전시할 수 있도록 주선했다. 전시가 끝난 후 그는 제주도로 돌아갔고, 이후 우리는 만날 기회를 다시 얻지 못했다.
　바람결에 들리는 말에 따르면, 그가 한도 없이 어렵게 산다고, 한 처녀가 끈질기게 구애를 했으나 가난이 두 사람을 묶기에는 너무 큰 거리였다고 한다. 돈이 될 수 없는 사진을 하는 김영갑의 고단함. 같은 길을 걷는 나의 입장으로서는 다른 부연 설명 없이도 바로 이해할 수 있었다.
　사진을 업으로 하고 싶다면?
　첫째, 결혼하지 말아야 한다. 둘째, 계속 돈을 깎아 먹을 만큼 유산이 혹은 재산이 넉넉해야 한다. 셋째, 부인의 능력이 좋아 영원한 후원자가 되어줄 수 있어야 한다.

이 세 가지 원칙을 김영갑도 알고 있었을 것이다. 그의 경우는 충족되지 않은 둘째 셋째 이유가 첫째 길로 들어서게 했다. 그가 영원한 반려자로 사진을 택한 사연이기도 하다. 여자보다 좋은 사진. 밥보다 좋은 사진. 그런 그가 사진보다 더 좋아한 것이 있었으니 그게 제주도의 빛과 바람, 오름 같은 것이었다.

처음은 그도 그저 단순히 사진을 좋아하는 더벅머리 총각이었다. 이곳저곳 경치 좋은 곳을 카메라 둘러메고 기웃거렸을 것이다. 제주도도 그런 지역의 하나였다. 그런데 몇 번 섬에 들고 나면서, 처녀총각 정들 듯이 헤어나지 못하는 상태가 되어버렸으니……. 아니, 김영갑 또한 제주도의 한 풍경이 되어버린 것이다.

사진을 잘하려면 우선, 세상을 사랑해야 한다고 나는 생각한다. 세상과 뜨거운 연애가 가능한 사람이 사진을 잘할 수 있다. 다음은 뜨거운 상대를 하나만, 잘 골라야 한다. 여기저기 눈 돌리면, 내 마음을 상대도 금방 알아차리고 마음을 열지 않는다. 뜨내기 방물장수처럼 여기는 것이다. 이렇게 연애 상대를 찾았다면 공들여 상대의 성감대가 어디인지 정도는 빠삭하게 알고 있어야 한다. 그래야 연애의 진정한 기쁨을 누릴 수 있는 것이다.

김영갑은 제주도에서 약 20년간 사진을 찍었다. 사람들은 무엇이 그리 찍을 것이 많다고, 한 지역에서 오랜 세월 동안 사진을 찍느냐고 말할지 모른다. 그러나 그것은 애인인 제주도의 성감대를 찾는 시간이다. 공과 시간을 들여 애인이 어디를 좋아하는지 정도는 잘 알아야 한다고, 그래야 뭐든 된다고, 사진가는 생각한 것이다.

죽음을 목전에 둔 사진가는, 제주도에서 사진 찍은 20년 동안 오름 하나도 제대로 알지 못했다고 제 사진을 보고 부끄러워했다. 그러면서 공연히 이곳저곳 헤맸다는 것이다. 한 사람과 수십 년을 살 맞대고 산 부부가 어느 날 서로 "당신은 날 몰라" 할 때의 심정을 제가 찍은 사진 속에서 발견하는 날, 사진가는 슬펐을 것이다.

그러나 사진은 작가가 혼신을 다했다는 것을 증거한다. 사진을 보면 찍은 시간대가 새벽녘이거나 해질 무렵이라는 것을 알 수 있다. 또는 바람이 많이 부는 날이기도 하다. 그 밋밋한 오름이, 억새가, 하늘이 언제 제 모습을 보여주는지를 기다리고 기다리는 사진 찍기를 하고 있었다는 것이 보인다.

사진가들은 대체로 두 가지 중 하나의 촬영 자세를 취한다. 첫째는 밖의 세계에 자신을 맡기는 경우다. 이때 자신은 뒤로 숨고 밖의 세계만 전면으로 드러난다. 김영갑의 사진이 이 경우에 속한다. 풍경을 거울처럼 드러내는 경우인데, 이건 전적으로 자연의 은총이 없으면 안 된다. 김영갑이 20년간 제주도에 머물면서, 버려진 들판의 홍당무로 허기를 메우면서 사진을 찍은 까닭이 이것이다. 모든 격정적인 사진은 빛과 바람과 공기의 합작품이다.

다른 사진 찍기는 대상을 사진가의 의지대로 찍어가는 경우다. 오늘날 대부분의 순수한 예술 사진은 이와 같은 관점의 산물이다. 김영갑의 사진이 그동안 주목받지 못한 까닭도 실은 여기에 있다. 그는 제 모든 것을 걸고, 자기를 버리고, 제주도의 성감대를 찾은 것이다. 그래서 가장 아름다운 중산간 제주도를 우리에게 남길 수 있었다.

그런데 왜 김영갑이 바다는 안 찍었지? 2006년에 나온 그의 유고 사진집에는 바다가 없다. 궁금하다. 이제 누구에게 물어보아야 하나.

김영갑은 1957년에 태어나서 2005년에 루게릭병으로 생을 마감했다. 그리고 화장되어 그가 작업했던 여기 두모악 마당에 뿌려졌다. 3코스의 끝자락에 있는 작업실은 이제 그의 작품만을 보여주는 갤러리로 탈바꿈했다.

비 그친 늦은 오후, 갤러리에 들러 잠시 그를 추모한다. 사진가여, 사진이여, 제주여. 제 목숨보다 제주 바람이, 빛이, 오름이 그리도 좋았더냐. 당신이 간 그곳에도 바람이 부느냐, 그곳도 새벽한기를 밟고 빛이 오는 곳이더냐. 잘 가게나. 짧은 인생아.

벼랑 끝에 걸린 초원

앞서 3코스를 걷고 온 룸메이트는 흥분해 있었다. 신천리 바닷가 벼랑 끝에서부터 펼쳐진 초원 때문이다. 별도로 골프장을 설계하지 않아도 18홀은 충분히 나온다고 했다. 골프? 아, 저곳에 구멍 열여덟 개를 뚫자는 이야기였구나. 사람마다 즐기는 것이 다르고 보는 것이 다르다.

다리 근력이 떨어질 때쯤 보게 되는 신천리 초원의 빛. 눈길이 닿는 곳곳마다 초록 잔디가 끝없이 곱게 깔려 있고, 말과 소들이 자유롭게 그 넓은 잔디밭을 걸어 다니며 풀을 뜯고 있었다. 물기 젖은 풀들은 소와 말의 식욕을 돋우는 것 같았다. 서두르지도 않고 천천히 음미하면서 식사를 즐긴다. 이들에게는 적어도 먹을 것 걱정이 없을 것 같다. 그러나 이 많은 음식도 아껴 먹으려고 했는지 풀들을 아주 바짝 뜯어 먹어, 다시 손볼 필요가 없는 완벽한 잔디밭을 만들었다. 자원봉사자 두 사람을 이곳에서 만났다.

"혼저옵서, 속앗수다예! 뭘 도와주곡?(어서 오세요. 수고했습니다. 뭘 도와줄까요?)"

"발도 아프고, 너무 힘들어요. 이 힘든 것 좀 도와주세요."

"게메양, 경 헤시민 얼마나 좋코마씀?(그러게 말입니다. 그렇게 했으면 얼마나 좋겠습니까?)"

"크크크, 하긴요. 그래도 힘드네요."

초원의 끝은 벼랑이다. 벼랑 밑을 파도가 들고 나간다. 카펫처럼 부드러운 길만 있으면 좋으련만, 푸른 초장의 끝에 기다리는 것이 벼랑이라니. 인생의 비밀은 끝내 벼랑 끝에 선다는 것일 텐데. 일회성 삶은 필경 티끌로 돌아갈 텐데…….

일의 끝
만남의 끝
사랑의 끝
삶의 끝.

그 벼랑 의식만이 오늘 여기, 내가 밟고 있는 삶을 푸른 초원으로 만들 수 있다.

견고한 직립으로 서 있는 벼랑을 잊지 말라.
그리고 거기, 벼랑 끝에 너무 가까이 가지 말라.
끝도 모를 허구덩이가 있다.

雨花

꼿꼿이 몸을 세우고 떨어지던
빗줄기는
마침내 검정 아스팔트 위에
번개처럼 雨花를 가득 피워낸다.
어느새
시들어 물이 되어 떠내려간다.

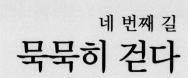

네 번째 길
묵묵히 걷다

표선 백사장 – 남원 포구

바다를 지키는 돌담

가장 긴 올레, 제4코스. 표선 해수욕장의 잔디 광장에서 시작하여 남원 포구까지 장장 23킬로미터의 조금 버거운 코스다. 절반은 해안가 도로를 걷고 나머지 절반은 중산간을 걷다가 남원 포구로 내려와야 한다. 걷고 난 후에는, 씩씩한 다리와 뜨겁게 뛰는 가슴에게 수고했다고 감사표시를 함이 마땅하다. 많은 인내심을 요구하는 코스다.

바닷가 도로를 따라 걷다보면 무궁화 꽃을 닮은 노란 꽃이 오종종 모여 있는 곳을 만날 수 있다. 이름도 근사한 황근 군락지. 제2코스의 식산봉 근처에서 만났는데 또 만났다. 보호 야생식물로 대접받고 있는 귀한 꽃으로 제주도가 이들의 본적지다. 쪽빛 바다와 검은 돌과 대비된 그 노란색이 얼마나 예쁜지 모른다. 그러나 눈으로만 즐겨야 한다. 아쉬우면 사진 한 커트.

꽃에 눈이 팔려 토산리로 들어가는 길을 놓치지 말라. 토산리에 들어서면 이 마을 청년들이 땀 흘려 만든 쉼터가 있다. 일명 '올레길 쉼터'다. 장소만 제공하는 무료 입장 쉼터로 먹을거리는 각자 준비해야 한다. 마음 편히 쉬어도 좋다.

네 번째 길 →

109

이곳을 지나면 망 오름이 기다린다. 정상까지 돌계단이 놓여 있다. 모든 오름이 그렇듯 겁먹지 않아도 된다. 뭍의 산처럼 숨이 차오르도록 사람 잡는 '깔딱 고개'가 아니다. 쉬엄쉬엄 올라도 바로 정상이다. 등성마루는 숲으로 덮여 있고, 사방으로 목책이 둘러쳐 있다. 토산 봉수대. 사람과 사람의 마음을 연기와 불로 신호한 흔적이다.

망 오름을 내려오면 샘을 만나게 되는데 이 샘이 그 유명한 '거슨새미'다. 어쩌자고 물이 한라산으로 거꾸로 흘러간 것일까? 자연의 질서를 거스른, 청개구리 같은 샘이 거슨새미다. 거슨새미 남쪽에는 바다로 흐르는 착한 샘이 또 하나 있다. '노단새미'가 그것이다. 샘들은 여름에는 시원하고 겨울에 따뜻하여 예전에는 가시, 세화, 신흥 마을의 중요한 생활용수로 쓰였다.

태흥리 쉼터까지 걸으면 남원 포구가 눈에 잡힌다. 그러나 잠깐! 여기서 쉬자. 가게에 들러 얼음과자 하나 사들고 연두색 잔디밭에 벌렁 누우니 푸른 하늘이 시리게 눈으로 들어온다. 세상이 모두 내 것 같다. 이 맛에 걷겠지?

사람에 따라 여행의 목적은 모두 다르다. 갈 곳도, 봐야 할 것도 다르다. 제멋에 사는 것을 뭐라 할 수 없는 것처럼 어느 것이 수준 높은 여행이라고 말할 수는 없다. 그러나 여행 짬밥에 따라 보는 관점도 달라지고, 관심 분야도 변한다. 예를 들어 《나의 문화유산 답사기》를 쓴 유홍준의 경우는 "문화유산을 바라보고 즐기는 최고의 경지는 폐사지"라고 썼다. 동감한다. 보이지 않는 것을 볼 수 있는 것은, 아는 것을 바탕으로 마음의 눈으로 보아야 가능하기 때문이다.

책 하나를 읽는 것도 앎의 얕고 깊음에 따라 얻어가는 것이 다르다. 누군가 말하기를 "젊은 시절의 독서는 문틈에서 달을 보는 것 같고, 중년의 독서는 뜰에서 달을 보는 것 같고, 노년의 독서는 누각에서 달을 보는 것 같다"라고 했다.

여행사나 여행 안내책자에 소개된 곳을 찾아다니다가 책에 없지만 내가 발견한 경치나 나만 아는 문화제, 예술작품을 발견했을 때 여행의 기쁨과 만족은 두 배가 된다. 어떤 사람들은 유명 호텔이나 입장료를 내고 들어가는 관광지에 별을 달아주겠지만, 어떤 사람들은 남들이 보지 못하는 의외로 소소한 것에서 행복을 느끼기도 한다.

올레 코스의 고마움은 이미 알려진 유명 관광지를 슬쩍 빗겨 간다는 것이다. 누가 찾아주고 설명해주는 것이 아니라, 올레를 걷는 스스로가 걸으면서 발견하고 느끼는 여행이 되도록 코스가 마련되어 있는 것이다.

아침은 하늘로부터 온다. 길 위에 빛이 쌓이면서 여름 아침은 싱싱해지고 뜨거워진다. 빛의 두터워짐을 느끼며, 표선 당케 포구를 떠난 지 얼마나 됐을까? 내 앞으로 끝이 보이지 않는 길이 휑하니 비어 있다. 안 보이는 끝을 보면 갈 길이 너무 멀리 느껴지고 발목에 힘이 빠진다. 그러니 걸을 때는 오직 걷는 일에만 몰두해야 한다.

좌측으로 바다와 잇닿은 벌판이 누워 있고, 벌판에는 짙푸른 여

사람과 사람 사이의 신호는
연기와 불이면 족하다.

름이 가득 차올랐다. 이름을 알 수 없는 여름풀들이 제 마음대로 지표면을 뚫고 솟았다. 어떠한 질서도 없어 보이지만, 그들 역시 하나의 세계를 이뤘다.

나는 시멘트로 된 보도블록 곁에 뾰족뾰족 서 있는 풀들을 밟으며 걷는다. 오래 걸을 때는 가급적 딱딱한 길을 걷는 것은 피해야 하기 때문이다. 막힌 돌을 피해 일어선 풀들에게 미안할 뿐이다.

벌판의 끝에 검은 돌담이 나타났다. 돌담 너머로 바다가 걸려 있고, 바다는 하늘과 잇대어 있다.

어디를 둘러봐도 돌담 천지다. 검은 잡석으로 쌓은 돌담들은 그 용도에 따라 이름도 다양하다. 초가집으로 들어가는 긴 돌담은 울담, 밭과 밭의 경계를 나누는 것은 잣담, 묘의 사방을 둘러친 것은 산담이다. 담은 담의 꼬리를 물고 구불구불 이어지고 풀어지고를 반복한다. 가장 제주도다운 풍경이다.

그런데 해안선을 따라 늘어선 저 담은 어쩌자고 벌판과 바다를 저리 나누어 놓았을까? 그리고 끄트머리에 있는 마치 여인의 발기한 젖꼭지처럼 오뚝하게 도드라진 돌 돌기(突起)는 또 무엇인가?

육지의 바닷가에서 저 담과 탑을 대신하는 것을 찾자면, 아마도 해변을 달리는 가시 달린 금속 철조망과 무장한 군인들이 눈을 부릅뜨고 있는 초소쯤 될 것이다. 그것들은 우군과 적을 나눠 날카로운 긴장을 만든다.

그러나 적의 내침을 막기 위해 제주 해안선에 줄지어 선 돌담은 목적은 같아도 사람을 위협하지 않는다. 적에게 여기는 넘지 말라는, 만약 넘으면 그 다음부터는 네 책임이라는 완곡한 의사전달 같다. 그러나 바람만은 예외다. 어린아이 손으로 밀어내도 여지없이 무너질 것 같은 담이지만, 돌과 돌 사이의 터진 공간으로는 태풍도 자유롭게 들고 나간다. 그래서 바람과 돌은 제주도에서 한통속이다.

돌담 끝에 솟은 탑은 봉수대의 한 종류인 연대(煙臺)다. 제주도에는 38개의 연대와 28개의 봉수대가 낮에는 연기로, 밤에는 불로 위급 상황이나 돌발 상황을 알렸다. 이를 테면 기호들의 거처다. 봉수대가 오름과 같은 내륙의 언덕에 세워졌다면, 연대는 해안가를 중심으로 세워진 것이 다를 뿐이다.

봉수대와 연대에 있는 발화자는 상황(context)을 연기나 불을 이용해 코드로 만든다(encoding). 그리고 빛의 속도로 전한다. 보는 것 역시 빛의 속도다. 그러면 수신자는 정확하게 연기와 불의 약호를 풀어내(decoding) 의미를 해석한다.

만약 5번 봉화가 오르면? 적이 상륙했다는 뜻이다. 이미 싸움이 시작된 것을 의미한다. 마땅한 연락 수단이 없어도 불과 연기로 커뮤니케이션의 모형을 만들어서 능수능란하게 사용했던 것이다. 그러니 연대와 봉수대에서 바다를 보고, 그것을 연기와 불로 알리고 해석해내는 사람들은 모두 제주도 최초의 기호학자들이 아니었을까? 나는 해안선의 연대에서 무명의 기호학자들의 거처를 살펴볼 수 있었다.

길 앞에서

누가 돌들을 옆으로 밀치고, 땅속으로 밀어 넣어, 바다로 길을 냈을까? 해안가 검은 돌들은 길을 위해 옆으로 얌전히 물러나 앉았다. 길은 바다 끝자락에 바투 다가서 있지만 더 이상 갈 수는 없다. 제 갈 길을 잊어버렸다. 그러니 거기까지가 길이다. 바다로 난 작은 길을 따라 누군가 무시로 다녔을 것이고, 파도의 갈피 속에 이런저런 사연도 만들었을 테지만, 철 지난 바다는 이제 하루 종일 저 홀로 몸을 뒤척이고 있다.

올레 위에서 유독 길 사진을 많이 찍었다. 바다로 난 길, 오름을 오르는 길, 곶자왈로 접어든 길, 곧게 뻗은 신작로, 굽이굽이 돌아가는 에움길 등 참으로 다양한 길들을 만났다. 다른 이에게는 그다지 관심의 대상이 아니었겠지만, 내게는 울림이 큰 이미지들이었다.

시인 윤동주도 그랬을 것이다. 그의 시 〈별 헤는 밤〉을 보면, 뜬금없이 떠오른 얼굴과 이름을 그대로 시에 적었다. 소학교 때 책상을 같이 했던 아이들도 불러보고, 비둘기나 토끼 같은 귀염성 있고 친근한 동물들도 불러본다. 그리고 프랑시스 잼이나 라이너 마리아 릴케 같은 서양 사람 이름들도 별을 헤아리며 한 사람씩 호명해

보는 시인. 마음의 행로를 따라가다 보면 별것 아닌 것들이 보석처럼 빛난다. 아니, 그게 보인다. 그 당시 그에게 이런 것들의 울림이 누구보다 컸을 테다.

자기가 알고 있는 익숙한 세계를 벗어난 여행은 사람들에게 늘 호기심의 대상이 된다. 권태에서 벗어나게 하는 시간이 되기도 한다. 혹은 새로운 사랑을 만들거나 묵은 사랑을 새롭게 가꾸는 시간이 되기도 한다. 다른 사람에게는 관심 밖의 사물이나 장소가 나에게는 새로운 의미로 깊게 음각되는 경우도 많다. 예술가들이 새로움을 얻기 위한 방법으로 떠난 낯선 곳으로의 여행은 늘 유효했다. 괴테의 이탈리아 여행이 그러했듯이 화가 빈센트 반 고흐에게도 프랑스 프로방스로의 여행은 의미 있는 무언가를 보게 하는 특별한 기회가 됐다.

우리는 프로방스 없는 고흐를 생각할 수가 없다. 1888년에서 1889년까지 짧게 머문 프로방스에서 그가 발견한 아름다움은 이 지역에서 흔히 볼 수 있는 사이프러스 나무, 밀밭, 올리브 숲, 바위산 같은 것이었다. 고흐가 그린 마치 불꽃처럼 정열적으로 하늘을 향해 치솟는 사이프러스의 아름다움을 누구나 한번쯤은 보았을 것이다. 그는 동생에게 이 느낌을 편지로 남겼다.

"사이프러스가 내 생각을 사로잡고 있어. 지금까지 내가 본 방식으로 그린 사람이 하나도 없다는 것이 놀라워. 사이프러스는 선이나 비례에서 이집트의 오벨리스크만큼이나 아름다워. 그리고 그

녹색에는 독특한 특질이 있어. 마치 해가 내리쬐는 풍경에 검정을 흩뿌려놓은 것 같지. 흥미로운 검은 색조라고 할 수 있어. 정확하게 그려내기가 무척 어려워."

이전에도 프로방스의 아름다움을 그림으로 남긴 화가는 여럿 있었다. 콩스탕탱, 비도, 그라네 같은 화가들이다. 그러나 전문적으로 미술사를 공부한 사람을 제외하고는 이들의 그림을 기억하는 사람들이 별로 없을 것이다. 왜 그럴까? 그들의 실력이 독학으로 그림을 공부한 고흐보다 뒤쳐져서일까? 아닐 것이다. 단지 그들은 당시에 유행하는 그림의 연장선 위에 서서 프로방스를 보고 그리려 했기 때문이다. 고흐의 지적대로 가슴으로, 자신의 시각으로 프로방스를 보지 않은 것이다. 그들은 모든 사람의 사이프러스를 그렸고, 고흐는 이제까지 그려진 모든 사이프러스를 지우고 자신만의 사이프러스를 그렸을 뿐이다. 그리고 세월이 흘러 우리는 그들의 사이프러스는 잊어버리고 고흐의 사이프러스만을 기억한다.

불문학자 김화영은 휴가나 방학이면 고흐의 체취가 물씬 배어 있는 프로방스를 찾는다고 한다. 고흐가 그린 사이프러스 나무, 알피유 바위산, 고즈넉이 내다보이는 올리브 밭이 한 불문학자의 그리운 청춘의 원적지가 된 것이다. 윤동주에게는 별을 헤는 밤에 라이너 마리아 릴케가 떠오르듯이, 내가 만약 프로방스에 간다면 김화영처럼 고흐가 떠오를 것이고 그가 즐겨 그렸을 사이프러스 나무와 알피유 바위산을 찾아볼 것이다. 여행의 즐거움은 새로움에 더해 내가 의미 있는 무엇을 찾을 때 더 커지는 것 같다.

사진을 전문적으로 하는 까닭에 그러하겠지만, 나는 내게 의미 있는 대상에만 사진의 프레임을 씌우려 하는 것이 습관처럼 되어 있다. 제주도의 경치 좋은 풍광이야 제주도에 거주하는 사진가들을 어찌 따라갈 수가 있겠는가? 그것은 모두 그들의 몫으로 돌려야 한다. 하지만 길은 다르다. 사는 것이 길과 너무 닮았기 때문이다.

누구나 태어나면 각자의 길을 간다. 그 길에서 수많은 갈림길을 만나고 어느 길로 갈 것인지 끊임없이 번민한다. 또 예기치 못한 길로 접어들어 방황하게 되는 경우도 인생에서는 흔하다. 반평생 넘게 살다보니, 갈림길에서 어느 길로 가야 하는지에 대해 생각할 일도 많았다. 그럴 때면 미국 시인 로버트 프로스트의 시가 생각난다. 가을이었나 보다. 인생의 맛을 알 만한 나이에 쓴 것 같은데 시인은 망설이고 있다.

> 노랗게 물든 숲 속의 두 갈래 길
> 몸 하나로 두 길 갈 수 없어
> 아쉬운 마음으로 그곳에 서서
> 덤불 속으로 굽어든 한쪽 길을
> 끝까지 한참을 바라보았다.
>
> 그러고는 다른 쪽 길을 택하였다.

나는 마지막 줄에서 머뭇거린다. 길을 선택해야 한다면, 그 기준이 뭘까? 윤동주는 하늘을 우러러 부끄러운 것이 한 점 없는 것이

기준이었다. 동생이 사준 그림 한 점을 제외하고는 단 한 점의 그림도 팔아보지 못한 고흐의 기준은 마음속에 불타는 예술혼이었다. 고백컨대 나는 그렇게 살아오지 못했다. 아마 앞으로도 그럴 것이다. 좌고우면하고, 계속 실수하고, 넘어지고, 죄를 지어가며, 오늘과 내일을 살아갈 것이다.

그래도 어떤 기준이 있어야 한다면 내 인생을 내가 지배하며 살고 싶다. 나의 주인은 남이 아닌 내가 되어야 한다. 고흐처럼 모든 사람이 걷는 길은 아니더라도 나 홀로 걷는 길이 필요한 것이 인생 아닌가 싶다. 그러니 고흐처럼 나만의 사이프러스를 그리겠다. 그리고 사람이 적게 다니는 길을 택했다 하더라도 나는 나의 주인으로 나를 삼을 것이다.

길을 따라 나섰는데 바다 앞에서 길이 끊겼다. 망망한 바다가 길을 막고 섰다. 나는 그 앞에서 서성이고 있다. 오늘따라 해풍이 서늘하다.

너 므 름 에 서   가 마 리

정(靜), 동(動)

한 알의 모래 속에 세계를 보며
한 송이 들꽃에서 천국을 본다.

영국의 시인 윌리엄 블레이크의 시 〈순수의 전조〉의 한 부분이
다. 미시 세계에서 세상과 삶의 오묘함을 읽어내는 표현의 한국판
은 어떠한가?

하나의 나뭇잎이 흔들릴 때 나는 하나의 공간이 흔들리는 것을
보았다.
조그만 이파리 위에 우주의 숨결이 스쳐 지나가는 것을 보았다.
하나의 나뭇잎이 흔들릴 때 나는 왜 내가 혼자인가를 알았다.

오래 전 학창 시절에 읽은 이어령의 에세이 〈하나의 나뭇잎이 흔
들릴 때〉의 첫 문장이다. 그리고 "하나의 나뭇잎이 흔들릴 때 우리
들의 마음도 흔들린다. 온 우주의 공간도 흔들린다"라고 글을 마무
리한다. 에세이지만 시어처럼 정제된 언어와 깊은 철학적 사유를

네 번째 길 →

123

바탕으로 한 감수성이 오랫동안 문학청년들의 마음속에 깊이 침전되었다.

흔들리는 하나의 나뭇잎에서 발견한 우주적 성찰의 놀라움. 아! 풍경의 진정한 소유는 그 요소들을 살펴보고자 하는 의식적 노력의 산물이라는 것을 에세이는 일깨워준다.

미시적 풍경과의 만남과 그 향유는 오로지 느리게 걷기와만 교환된다. 느림에서 오는 관조를 잃어버린 여행은 무엇과의 만남이 아니라 단지 스침일 뿐이다. 스치는 것은 모르는 것과 같다.

제주도를 걷는다고 하니 어떤 분은 자전거나 스쿠터를 이용해서 빨리 다니는 것이 어떠냐고 한다. 고마운 말씀이다. 그러나 이때 할 수 있는 답변이 빙긋 웃는 것 말고 또 무엇이 있으랴. 걷는 것은 세상의 속살을 보러가는 자가 취하는 최소한의 예의다. 그 길을 고독이 동무해줄 것이고, 햇빛 좋은 날이면 그림자도 응원해줄 것이다.

저 해안가 풍경과의 만남 또한 이런 느린 걷기의 산물이다. 발바닥은 눈보다 빠르다. 보아야 할 곳에서는 스스로 느려지고 가던 길을 멈추게 한다. 바다 속에서 땅거죽을 찢고 불기둥이 솟구쳐 오르는 장관을 보게 한다. 그리고 물에 젖은 불덩어리가 이리저리 흩어져 바위가 된 모습들을 보게 한다.

아름다운 바닷가 풍경은 솟은 바위들의 표정에 의해서 결정된다. 물이야 어디 가겠는가. 풍경에의 끌림은 사실 이 바위들 때문이다. 어떤 바위들과 바다가 만나느냐에 따라 해변 풍경이 달라진다. 그것 또한 느리게 걷는 발걸음이 멈추는 이유다. 어디 하나 비

숫한 구석이 없다. 올레 코스가 해안가를 중심으로 집중적으로 구성된 이유를 알 것 같다.

어느 곳에는 구멍이 숭숭 뚫린 돌이 지천으로 뿌려져 있고, 또 어떤 곳에는 마치 주름 잡힌 옷처럼 구겨진 돌들이 빈틈없이 해안가 백사장을 채우고 있다. 누군가 수제비를 뜨기 위해 밀가루 반죽을 손으로 치대다가 슬그머니 자리를 뜬 것 같은 해안가도 자주 나타난다. 어떤 인연으로 솟았든, 그 자리에서 하나의 풍경으로 솟아올라 모래가 될 때까지 정주하며 제 육신을 파도에 맡기는 것이다. 그리고 이 놀라운 순응성이 새로운 풍경의 잠재태(潛在態)가 된다.

저 풍경을 갈라서 보면 물이라는 동(動)의 세계와 바위라는 정(靜)의 세계가 어울려 만든 정중동(靜中動)의 세계다.

먼저 물의 세계부터 보자. 그 움직임은 끊임없다. 깊은 숲에서 발원한 물이든, 하늘에서 떨어지는 빗줄기든, 그것들은 서로 모이기를 힘써 시냇물이 되고 강줄기로 이어져 마침내 바다가 된다. 그러나 장엄한 화엄의 세계를 이루어도 물은 끊임없이 움직여야 물이다. 태생적으로 떠도는 운명이다. 물이 어느 한 곳에 머무르는 것은 치명적이다. 그것은 썩는 길이다.

사람 또한 물 같아야 한다. 끊임없이 몸을 움직이고 끊임없이 마음을 움직여야 한다. 새로운 세계로 저어 가기 위해서는 물처럼 모든 것을 버리고 떠나야 한다. 흘러가면서 천 길 낭떠러지 폭포를 만나기도 하고 바위에 온몸이 깨지는 아픔을 겪기도 한다. 하지만 갖은 삶에 치대면서 흘러가야 하는 것이 운명이다. 그것이 자유다. 그리고 마침내 화엄의 바다를 이룬다. 누구에게나 주어진 물리적 시간을 나만의 시간으로 만들 수 있는 힘은 끊임없는 움직임에서 나오기 때문이다.

갯바위들은 그 반대다. 한 번 솟은 바위들은 골백번 죽어 제 몸이 가루가 되어 바람 속으로 흔적 없이 사라질 때까지 그 자리에 있다. 바람이 희롱하고 물이 슬그머니 건드려 보아도 그 앉은 자세를 흐트러뜨리지 않는다. 바위는 바깥 세상을 보고 있는 것이 아니라 자기 안을 바라보고 있다. 그러한 자기 성찰을 화두라고 하던가? 그러니 화두란 게 뭐 그리 어려운 것이 아니라 나의 진정성에 '왜'라는 의문을 던져보는 것이다. 버리고, 버리고, 버려서, 버렸다는 생각조차 비워내는 것이다.

바닷가 바위들은 버리는 과정을 제 몸을 통해서 보여준다. 바위들의 표정은 물과 바람에 제 몸을 아낌없이 내준 흔적이다. 물은 밤낮 없이 바위들을 더듬고, 온갖 교태로 유혹하지만, 바위들은 좀처럼 더워지지 않는다. 그러나 긴 구애의 시간 속에서 바위들도 어쩌지 못하는 것일까? 그 모습들이 저리 다른 것 또한 바다가 사랑한 흔적이리라. 사랑이라고? 아니다. 그것은 모진 풍파에 시달리며 얻은 부드러움이다. 중도의 아름다움이다.

내가 이 풍경이 마음에 드는 까닭은 선들은 부드럽고, 움푹 파인 이곳저곳의 바위 웅덩이에는 작은 바다가 담겨 있기 때문이다. 다른 물결과 함께 미처 나가지 못한 바다는 아주 작게 쪼개져서 바위에 안겨 있다. 그러나 작다 하더라도 그 속에 온갖 세월과 물의 삶은 고스란히 간직되어 있으리라. 파란 하늘이 담겨 있고, 갯강구들이 잠시 들여다보고 가고, 게들도 긴 발을 슬쩍 적셔보고 간다.

물은 움직이고, 바위는 침묵 속에 있다. 움직임과 정지함이 어울려 하나의 아름다움을 이룬다는 것을 제주 바닷가에서 보았다. 고요한 물에 비친 달빛보다 흔들리는 물에 비친 달빛이 더 눈부시다. 시간은 견고한 돌을 부드러운 물로 깎아내고, 그곳에 잠시 머무르는 바다의 가슴에 작은 하늘을 안긴다.

흔들리는 바다를 벗 삼아 놀고 있는
갯돌의 외로움이여.

다섯 번째 길

기다리며 걷다

남원 포구 – 쇠소깍

누가 사랑을 아는가?

제5코스는 남원 포구에서부터 시작한다. 글 쓰는 사람으로서 조심해야 할 것은 가장 혹은 제일 같은 부사를 쓰는 일이다. 뒷감당이 쉽지 않기 때문이다. 그럼에도 불구하고 제5코스는 풍경을 언어로 표현해야 한다면 최상급 언어를 쓰고 싶은 유혹을 느끼는, 그런 올레를 보듬고 있다. 남원 포구를 지나면서 만나는, 약 2킬로미터 남짓한 큰엉 산책로가 바로 그곳이다.

제5코스는 감탄과 긴 여운을 가지고 공포천 검은 모래밭을 지나 쇠소깍까지 바당 올레를 한다. 위미에 위치한 동백나무 군락지를 보기 위해 마을 올레로 들어가지만 그 거리는 짧다. 거의 모든 코스가 해안을 끼고 걷는 바당 올레다. 그렇게 15킬로미터를 걷고 나면 민물과 바닷물이 합수하는 녹색 연못, 쇠소깍에 도착한다.

이곳에서는 통나무로 만든 뗏목 '태우'를 타볼 수도 있다. 가까운 바다에서 자리돔을 잡거나 해초 등을 채취할 때 썼던 태우는 지금은 어선이 아니다. 태극기를 단 태우는 아이들이 쇠소깍으로 무자맥질을 하고 노는 관광선으로 변신했다. 아이들 웃음소리가 계곡 연못에 가득하다.

남원 관광지구로 지정된 큰엉은 바다와 섬쥐똥나무가 무리지어서 있는 숲이 절벽을 경계로 만난다. 더 나아갈 수 없는 바위 끝에 목책이 둘러쳐져 있다. 목책 밖으로는 격렬하게 바다가 흰 이빨을 드러내며 울부짖고 있고, 목책 안쪽으로는 새들이 한가로이 제 이름을 부르며 노닐고 있다. 걷는 자들은 그 사이를 걸어야 한다. 좌고우면이 즐거울 때가 이런 경우일 것이다. 어디를 먼저 보아야 할지 하는 즐거운 고민이, 이곳, 구럼비부터 서쪽 황토개까지 약 2.2킬로미터의 숲길에 밟힌다.

　'엉'은 바닷가 절벽 등에 뚫린 바위 그늘을 일컫는 제주 방언이다. 파도 치는 바닷가 절벽에서 엉은 흔히 만나는 풍경이지만, 이곳 '큰엉'은 규모도 규모일 뿐더러 감탄사마저 절로 '크다'.

　이게 제대로 아름다운 풍경의 꼴을 갖추려면 엉과 어울리는 갯바위들이 조연 역할을 잘 해주어야 한다. 절벽의 발등에 기암과 괴석이 어우러져야 하는 것이다. 그 다음 조연은 바다다. 말의 갈기처럼 파도를 휘날리며 격하게 몰려와서 힘차게 바위를 때려주어야 한다. 그 때리는 소리가 우레와 같고 물이 기암괴석 사이를 타고 넘나들 때, 비로소 아름다운 엉이 되는 것이다. 정(靜)의 풍경에 동(動)이 치명적으로 만나고, 효과음까지 곁들여져야 큰엉이 된다.

　나는 이곳에서 홀로 올레길을 걷는 한 서울 아가씨를 만났다. 그녀는 아예 걷는 것을 포기하고 절벽 끝에 주저앉아 우레 같은 파도의 파열음과 검은 바위 위에서 폭포처럼 쏟아지는 물줄기를 하염없이 바라보고 있었다. 처음에는 단지 볼 뿐이었으나 시간이 지나면서 어떤 느낌으로 다가왔다고 한다. 눈으로 보다가 마음으로 보는 단계로 넘어가는 것이다. 그녀의 눈에 언뜻 눈물이 비쳤다. 바람은 그녀의 긴 머리카락을 하늘로 끌고 올라가고, 햇빛은 바람 속에서도 눈부셨다. 그녀의 사연은 모른다. 단지 우리는 길 위에서 잠시 만나고 또 스쳐서 각자의 길을 걷는 것이다. 나는 일어섰다. 그러나 그녀는 여전히 젖은 눈빛을 먼 바다에 두고 있었다.

다시 숲길로 들어서니 이게 무슨 일인가? 게 한 마리가 숲길을 산책 중이다. 바닷가에서 산책로까지 올라오는 절벽이 15, 20미터는 족히 될 법한데 그곳을 어기적어기적 옆으로 걷고 매달리면서 올라왔다니, 게도 영락없는 올레꾼이다. 마음먹고 길을 떠났을 터인데 여기서 낯선 인간을 만나다니……. 게로서는 반가울 리 없다. 간세다리로 걷던 걸음걸이가 급해지더니 서둘러 숲으로 몸을 감춘다.

조금 더 걸으니 참새 한 마리가 서너 발쯤 떨어진 곳에서 식사 중이다. 인기척을 느꼈는지 힐끗 나를 쳐다본다. 그래도 게처럼 당혹해하는 기색이 없다. 내가 한 걸음 내딛으면 참새는 제 걸음으로 다섯 걸음쯤 옮기는데, 걸음이라기보다 모둠발로 폴짝폴짝 앙증맞게 뛴다.

같은 새라도 걷는 모습들은 저마다 다르다. 비둘기처럼 양발을 서로 교차하면서 의젓하게 걷는 새들도 있고, 저 참새처럼 제 체중을 양발에 모두 실어 모둠발로 뛰며 움직이는 새들도 있는 것이다. 참새는 나의 걸음에 맞춰 모둠발로 뛰더니, 나와 거리가 가까워짐을 느꼈는지 기어이 '포롱' 하고 날아가버렸다.

숲에는 꽃이 자지러지게 피었고 길은 인기척 없이 적막하다. 꽃

몸살을 견디지 못해 숲으로 들어온 나비들도 올레꾼이 된다. 참새가 날아간 허전함을 이번에는 노랑나비 두 마리가 채워준다. 숲길로 들어선 그들은 누구의 눈치도 보지 않고, 서로 희롱하며 붙었다 떨어지기를 반복하며 투명한 공간 속을 이동한다.

살아 있는 모든 종들 가운데, 사람만이 유일하게 남의 눈을 피해서 사랑을 하는 종이다. 목숨 있는 다른 종들은 그들의 사랑을 부끄러워하지 않는다. 남의 사랑에 관심을 두지도 않는다. 오직 제 사랑에 열중한다.

공간을 마음껏 움직이면서 사랑을 나누는 나비들을 보라. 《카마 수트라》나 《소녀경》에는 나오지 않을, 저들의 엄청난 사랑의 체위가 문득 궁금해진다.

그런데 이때다. 아뿔싸, 어찌 이런 일이! 어디선가 비둘기만한 새 한 마리가 나타나더니, 글쎄 나비 두 마리를 순식간에 통째로 입 안으로 끌고 들어가는 것이 아닌가? 나비들은 사랑을 나누는 사이에 어찌 손쓸 수도 없는 죽음을 당한 것이다.

이탈리아 폼페이 화산 폭발로 어느 사랑이, 그 절정의 순간에 갑자기 화석이 된 것이 떠올랐다. 그들은 부끄러웠을까? 아니면 사랑이 절정에 이른 순간에 다시 잃어버릴 염려 없이 사랑을 완성했으니, 차라리 행복했을까? 찧고 받고 싸우며 사느니, 차라리 사랑이 완성된 순간에 둘이 함께 죽어버리면, 그게 행복일 수도 있지 않을까. 죽은 나비들에게 축복을!

치열함에 대하여

키 이야기를 하자면 이희승의 에세이 〈오척단구〉가 생각난다. 그는 이 글에서 자신의 키를 5척 0촌 2푼(약 152.1센티미터)이라고 밝혔다. 대개 키 작은 사람들이 그러하듯 자신의 단신에 대한 변명과 합리화를 조리 있게 쓴 글이다. "키 크고 싱겁지 않은 사람이 없다"는 속담을 예로 들며 '멋없는 늘씬한 키는 눈곱만치도 부럽지 않다'로 결론 낸다. 키 큰 사람이야 이런 에세이를 쓸 일도 없을 것이니, 이희승이 아무리 아니라고 우겨도 글을 쓰는 것 자체가 자신의 '키'가 마음에 걸리는 것이 아닌가 싶다.

나 또한 키가 작다. 남자로서 160센티미터라면 분명히 작은 키나. 그래도 내 키가 표준이라고 우기면서 지금까지 살아왔다. 그러니 표준인 내 입장에서 보면 나보다 키가 크면 꺽다리요, 나보다 키가 작으면 난쟁이라고 우겼다. 그럴 때마다 사람들은 어떤 시늉도 없이 피식 웃고 만다.

때로는 세상을 이끄는 지도자들 중에 유독 키 작은 사람이 많다는 것도 나를 합리화하는 데 유용하게 동원된다. 제일 많이 얘기하는 것은 나폴레옹이지만, 중국의 작은 거인 등소평도 버릴 수 없는 원군이다. 최근에는 사르코지 프랑스 대통령이나 북한의 김정일도 키 작은 지도자로 신문지상에 자주 오르내린다. '키 높이 구두'를 신는다는 것, 사진을 찍을 때 뒤꿈치를 살짝 들고 찍는다는 것도 중요한 기삿거리가 된다. 여하튼 속이야 어떤지 모르지만 일단 외모는 그 사람을 판단하는 데 중요한 요소인 것만은 사실이다.

그러면 키 작은 사회 저명인사들이 그 자리에 오르는 것과 키가 무슨 함수관계가 있을까? 과학적으로 밝혀진 것은 없지만, 이런 생각은 든다. 키에 대한 콤플렉스를 다른 성취감을 통해서 해소하려는 잠재의식이 중요한 역할을 하는 것이다. 키 작은 사람들은 역경을 참아내는 힘이 강하고, 남에게 지기 싫어하고, 끈질기고, 자의식이 강하다.

동물로 치면 몽고말이 그렇다. 인류 역사상 가장 큰 땅덩어리를 차지했던 칭기즈 칸! 그 땅을 차지하기 위해서는 원거리 원정이 가능해야 했었는데, 작지만 지구력이 강하고 환경에의 적응이 매우 뛰어난 몽고말이 일등 공신이었다는 것은 널리 알려진 사실이다. 그래도 여전히 키가 작은 것은 위안 받을 일이지 자랑할 만한 일은 아닌 듯싶다.

뜬금없이 이런 생각이 든 것은, 걷다보니 요즘 심은 도심의 가로수나 호텔의 관상수를 제외한 재래종 나무들은 대체로 키가 작았다. 제주도에서 키가 크다는 것은 생존하는 데 불리한 요소다. 나무뿐 아니라, 사는 집도 그렇고 밭의 잣담도 높으면 안 된다. 그리고 서로 모여 살아야 힘이 된다. 모두 그 징글징글한 바람 때문이다.

제주도 소나무는 대접을 못 받는다. 같은 소나무 중에는 오랜 세

월 동안 지금의 장관급쯤 되는 권세를 누리고 있는 속리산 정이품
송 같은 나무들도 있는데 말이다. 그런 호강은 바라지도 않는다.
키가 작더라도 멋지게 굽어야 지체 높은 집의 정원수라도 해볼 양
이지, 꼬락서니를 보니 그것도 애당초 틀린 이야기다. 바람 많은
바닷가에 심어진 것부터가 그 태생이 수상한 것이다.

여기서 멋 부리다가는 제 명에 못살 것이 뻔하다. 바람은 제 소
용대로 불어와서 온몸을 더듬고 할퀴고 지나간다. 푸른 바늘 끝을
거친 바람에 겨눈들 무슨 소용이란 말이냐. 아서라! 분은 안으로
삭히고, 뿌리는 깊이 내려야 살 수 있다.

저 앞 해안가의 둥근 몽돌을 봐라. 그건들 처음부터 제 성깔이
없었겠는가? 그러나 오랜 세월 동안 물먹고 물먹으면, 제 얼굴이
어떻게 깎이는지도 모르게 저리 되는 것이다. 나나 옆 놈이나, 모
두 다 비슷하고 닮았다.

사진을 찍고 보니, 소나무 두 그루 영락없이 닮은꼴이다. '짜리몽
땅한' 키도 그렇고 급하게 가지 벌리고 푸른 수염을 매단 것도 그렇
다. 경주 남산골 숲속 소나무들은 왕릉을 지키며, 수천 년을 보호
와 사랑 속에 살아왔다. 최근에는 카메라에 멋진 몸매가 지주 담긴
덕분에, 그 초상 사진만으로도 한국을 대표하는 세계적인 소나무
가 되었는데……. 제주도의 키 작은 소나무들! 대체 이름 없는 해
변에서 키가 크나, 몸매가 받쳐주나, 그저 온몸을 흔들어가며 사나
운 바람에 맞선 너를 누가 보아줄 것인가?

그러나 걱정하지 마라. 배병우의 카메라와 같겠느냐마는 오늘은
내가 너를 실컷 보고, 네 초상을 마음껏 사진기에 쟁여 보련다. 우

선 '짜리몽땅한' 네 모습이 나와 흡사해서 정이 가고, 그게 못 먹고 고난의 세월을 보낸 초상이어서 정이 가고, 그래도 살아야 할 의미를 찾아 뿌리를 깊이 내려 불에 탄 시커먼 바위를 움켜쥐고 이제껏 버티는 네 삶의 치열함을 보니 더욱 도타운 정이 가는 것이다.

구중궁궐 여인들의 치마폭과 진수성찬 속에서 모든 권세를 휘두르는 왕이라 한들 그 삶에 어찌 파도치고 바람 부는 날이 한두 번뿐이랴. 쭉쭉 뻗은 우람한 줄기가 못 되어 궁궐의 기둥으로도 쓰이지 못하고, 굽은 줄기의 미학도 보여주지 못하니 고관대작의 눈에 들지도 못할 것이 뻔하다. 그러나 때로는 초가집 이문간 금줄에 끼워져 새 생명 얻은 아이의 무병장수에 헌신할 수 있다면 이 또한 살 만한 것이 아니겠는가? 저 푸른 해원을 바라보며 '미친 바람'을 막아 제주 사람들의 눈물을 씻어줄 수 있다면, 그까짓 키 작은 것이 뭐가 문제이며 카메라에 담기지 않은들 뭐가 그리 서러울 것인가?

내가 만난 제주도의 이름 없는 바닷가 소나무는 살아온 고난을 증거하고, 어떻게 살아야 하는가를 말없이 얘기하고 있었다. 자존(自尊)의 오기를 보았다. 이 날, 바람은 잔잔했고 피도는 낮게 밀물져 들어왔다.

기다림, 어찌하라고

수년 전, 내가 사랑하고 존경하는 둘째 형님이 세상을 떴다. 예순 중반의 나이였다. 개똥밭이라 해도 지상에서 우리와 좀 더 뒹굴어도 좋을 나이였다. 예고 없이 찾아오는 병의 통증에 형은 삶의 끈을 조금씩 놓아가고 있었다. 그리고 끝내 참고 망설였던 말을 뱉고 말았다.

"이제 그만 살고 싶어……, 화장해서 엄마 옆에 묻어줘."

향나무 상자에는 하얗게 재가 되어버린 형이 들어 있었다. 따뜻한 온기가 나무 상자를 건너와 보듬어 안은 손과 팔 그리고 가슴에 전달되었다. 유언대로 엄마 무덤 옆에 조그만 구덩이를 팠다.

"아빠 사랑해, 훌륭한 사람이 되어 아빠를 실망시키지 않을게요."

남은 두 딸들은 마지막 편지를 흰 나무 상자 위에 올렸다. 한 사람이 한 삽씩 구멍에 흙을 밀어 넣었다. 그리고 작은 회양목을 심었다. 그렇게 한 인간이 남은 인간들에게서 떠나갔다.

돌아오는 길에 일흔이 넘은 큰 형님은 먼저 보낸 동생 때문에 많이 괴로워했다.

"이러면 안 되는데……, 내가 못나서 동생을 먼저 보냈다."

회한이 얼굴에 가득했다. 자랑스러운 동생, 형 같은 동생이었다고, 들릴 듯 말 듯 혼잣말도 했다.

"건수야, 너는 인생을 어떻게 생각해?"

"……, 형, 나는 인생을 삶은 달걀 같다고 생각해."

삶은 달걀이라니. 삶은 알은 불임의 알이다. 생명이 없는 알, 보기는 좋지만 먹어서 똥이 되기를 기다리는 알이 삶은 달걀이다.

인생이라는 책을 읽다가 문득 남은 페이지가 얼마 남지 않았다는 것을 발견하고 흠칫 놀라곤 한다. 지금까지 읽은 것도 시시하고 숯검정이었는데, 남은 생이야 된장인지 똥인지 꼭 찍어 맛보아야 아는 것은 아닌 것 같았다. 인생, 알만 했다.

희극 〈고도를 기다리며〉를 쓴 사무엘 베케트도 삶을 그리 보았던 것 같다. 오지도 않는 '고도'를 기다리며, 세월을 다 보냈으니 말이다. 그리고 결국 삶이란 부조리한 것이고 한 바가지의 물에 쓸려 내려갈 변기의 똥 같은 것임을 관객에게 알리고 싶었던 것 같다. 도대체 우리가 기다리는 고도는 무엇일까? 이념? 신앙? 자유? 빵? 여자? 모르겠다. 분명한 것은 내일이면 고도가 온다는 거짓말쟁이 양치기 소년의 말을 믿다가(아니 믿고 싶을 것이다), 이 연극의 등장인물인 포조처럼 급기야는 장님이 되고, 럭키처럼 벙어리가 되어야 허망한 인생의 막을 내릴 것이다.

기다리는 인생은, 내일의 삶은 오늘의 삶과는 다를 것이라는 희망의 끈을 놓지 않는다. 해안가 여자들은 고기잡이를 떠난 내 남편이 다시 돌아올 것이란 믿음을 놓지 않는다. 남편이 고도다. 또한 뭍으로 내보낸 아이들의 금의환향을 의심하지 않는다. 제 할 거리를 찾고 짝이라도 데리고 올 수 있다면……. 그게 또한 늙어가는 부모의 고도다. 그러나 기다리며 사는 마음은 벌써 시커멓게 타버려 공포천 검은 모래가 되었다.

기다림은 부조리한 세상에서 버텨내기 위한 지혜일지 모른다. 그래도 포기할 수 없는 것이 기다림이다. 기다림은 수동태가 아니라 능동태이며 끝나지 않는 영원한 현재진행형이다.

여기 아름다운, 그러나 고통스러운 기다림이 있다. 과거를 보려고 길을 떠나는 가난한 선비가 있었다. 걷다보니 땅거미가 짙어졌다. 그리고 길 위에 더 가지 못할 만큼 어둠이 쌓였다. 어디서든 이 밤을 보내야 할 것 같았다. 이런 만남을 전생의 인연이라고 해야 할지……. 처녀가 홀로 사는 외딴집에서 하루를 묵게 됐다. 그날 밤, 선비는 처음 본 낭자와 정을 통한 것이다.

다음날 날이 밝자, 선비는 처음 만나 마음과 몸을 열어 사랑했으니 과거급제 하여 꼭 돌아오겠노라고 약조하고 길을 떠났다. 그때나 지금이나 과거는 어렵다. 그러나 집안을 일으켜 세우고 벼슬길로 나아가 나라를 경영하는 것을 젊은이들에게 도전해야 할 영원한 '로망'이다. 하지만 번번이 낙방하여 약속을 지키지 못한 선비는 처녀를 찾을 수가 없었다. 두 번, 세 번. 몇 번의 과거를 더 보았는지 모르지만 드디어 장원급제. 처녀와 약속을 지키려, 한 걸음에 달려와 사립문을 열고, 신발도 벗지 않고 툇마루에 올라 방문을 여니, 이 낭자, 처음 정을 통할 때와 다름없이 단정이 앉아 홍조를 띄고 이 선비를 올려보는 것이 아닌가! 조신하게 긴긴 세월 동안 한

번 정을 통한 선비를 기다렸다는 말이다.

"낭자, 내가 왔소!"

선비는 반가운 마음에 덥석 처녀를 끌어안았다. 그런데 오호, 어찌 이런 일이, 그 처녀 그 자리에서 하얗게 재가 되어 삭아버렸다.

공포천 검은 모래밭에 앉아 있으려니 기다리는 사람들의 이야기가 떠올랐다. 기다리는 일은 그것 자체로 이미 형벌이다. 오지 않는 고도를 기다리는 사람들에게도, 언제 올지 모르는 선비를 기다리는 처녀에게도. 죽음을 기다리는 사람, 메시아를 기다리는 사람, 그 모든 기다리는 '마음 풍경'의 기본색은 숯 검댕 같은 검은색이다. 언젠가 저 검은 모래밭도 몽돌이었을 것이다. 더 세월을 거슬러 올라가면 제법 위용을 갖춘 바위가 아니었을까? 그러나 그 돌이 깎여서 몽돌이 되고, 다시 깎여서 모래가 되어, 공포천 검은 모래가 되었다. 그렇다면 바위일 때도, 몽돌일 때도 형벌 같은 기다림을 견딜 수 있었던 힘은 무엇이었을까?

기다림의 근거가 '고도'고 희망이고 꿈이었기 때문이리라. 이제 제 몸이 모래가 되어 그 속도 겉도 검은 것을 바라보니, 그 시간이 얼마나 고통스러운 것이었는지 알겠다. 사무엘 베케트는 결과를 비관적으로 전망했지만 선비를 기다리다 하얗게 재가 된 처녀처럼, 고진감래(苦盡甘來), 지금 삶이 쓰더라도 한번 기다려봄은 어떨까? 세 을나 이후, 제주인의 삶도 이와 같지 않았을까?

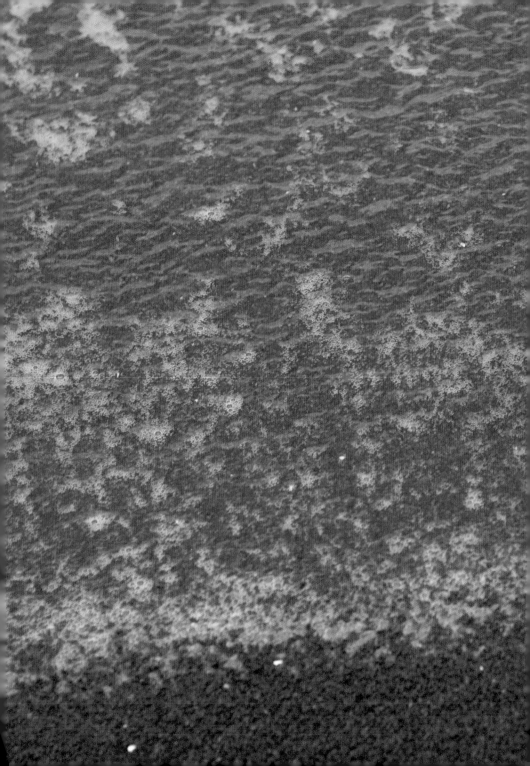

울음 곳간

콩돌 구르다 멈춘 바닷가
낮게 밀물져 들어와 아랫배 비빈다

들고 나는 물이야 같겠지만
중심에 견인되어 끌려감은 쓸쓸하다

쏴아~ 쏴아~
콩돌 밑 움켜쥐고 울며 간다

공포천 해안은 제주 할망 울음 곳간

물, 물, 물

서귀포시가 가까울수록 올레 분위기는 사뭇 달라진다. 원시에서 문명 세계로의 귀환이라고나 할까. 6코스의 출발지점인 쇠소깍부터가 그렇다. 1132번 도로에서 시원하게 뚫고 들어온 아스팔트 도로를 이용해서 이곳을 찾는 사람들은 대개 멋지게 차려입은 관광객들이다. 등산화를 신고 배낭을 메고 그들 속에 섞여 있자니, 어째 이방인처럼 내 스스로가 어색하다. 쇠소깍에 띄운 태우도 돈을 내고 타보는 관광용이고, 잘 정리된 주차장과 관광용품 매장도 이곳이 관광지임을 증명한다. 6코스가 통과하는 지점 또한 대개가 서귀포 시내에 있는 관광 명소들이다. 소정방 폭포, 이중섭 미술관, 천지연 폭포, 그리고 신혼여행자들의 필수 코스인 외돌개까지 모두 14.4킬로미터.

나 또한 걷는 길에 KAL 호텔 로비의 안락한 의자에 몸을 깊숙이 묻고 비 내리는 바다를 즐겼다. 그러다 보니 내 몸도 다시 편안하기를 원한다. 편안하고자 하는 욕망이 더 강성해지기 전에 어서 이곳을 떠나야 한다고 나를 다독였다.

쇠소깍! '쇠'는 효돈 마을을, '소(沼)'는 연못을, '깍'은 끝을 뜻한다. 그러니 쇠소깍은 효돈 마을 끝에 있는 연못을 말한다. 이곳까지 오는데 물기 하나 없이 밑창을 훤히 드러낸 마른 계곡을 왼편에 끼고 걸었다. 냇물인데 물은 없고 내만 있다. 그래도 흘러가는 물을 위한 길임은 분명하다. 그 사이에 다리도 하나 걸어두었다. 때로는 콸콸 물이 흐르는 때도 있고 다리를 넘어 범람하는 때도 있으니, 놔두어라. 마른 내도 내인 것이다.

큰비가 지지 않으면 제주도에서는 제대로 된 냇물을 만나기가 어렵다. 이 땅은 밑 빠진 독이다. 물을 담아두지 못한다. 물이 땅과 돌을 뚫고 지하 깊숙이 스며들어가 버리는 것이다. 그리고 두더지처럼 땅 밑으로만 흐르다가 제가 나오고 싶은 곳에서만 뜬금없이 솟아오르는 물. 제주도에는 이렇게 땅을 뚫고 불쑥 솟은 용천수가 알려진 것만 헤아려 모두 911개소다.

그래서 제주도의 살림집들은 주로 해안가 주변이나 용천수가 터진 곳에서 발달했다. 상수도가 들어온 1970년대 초반까지 소금기 없는 물 찾기는 제주도 여인네들을 고달프게 했다. 길을 가다 보이는 물동이를 채우는 '쭉쭉빵빵' 제주 여인 조각상처럼 결코 아름다운 삶이 아니었다.

생각해보자. 한 동이 물을 얻기 위해 수시로 허벅('물을 길어 나르는 동이'의 제주방언)을 지고 멀리는 1킬로미터 이상을 걸어야 했다. 허벅을 짊어지고 길어온 식수는 정지문 안의 항아리에 가득 채우고, 나머지 한 허벅은 '물팡(허벅을 올려놓는 장소)' 위에 올려놓아야 적이 안심이 됐다. 제일 크다는 제주성 안에조차도 우물이 없어 성밖 용천수를 이용해야 했으니 백성들의 고초야 더 말해 무엇 하겠는가?

그렇게 보면 여기 효돈천 끝에 용천수가 터져 소를 이룬 것은 이곳 쇠마을 사람들에게는 다시없는 다행이었다. 더구나 물만 터져 주어도 "아이고 형님" 하며 오체투지는 기본일 터인데, 쇠소에는 다른 약발도 있다 하니 금상에 첨화다. 이곳 사람들은 쇠소에 용이 살고 있다고 '용소'라고도 불렀다. 깊은 연못에 용이 산다는 것은 모든 동양 신화의 기본 설정인데, 여기 사는 용은 신통하게도 가뭄이 들어 기우제를 지내면 영락없이 비를 내리게 해준다니, 아마도 이곳 용과 우신(雨神) 사이가 보통이 아니었던 것 같다.

여하간 물 덕인지 용의 덕인지는 모르겠으나, 이곳 효돈의 감귤 맛은 제주에서도 으뜸으로 치니 다시없는 청복(淸福)인 것이다.

이런 경관 좋은 곳에는 애틋하게 전해 내려오는 이야기가 하나 쯤 있어야 말이 된다. 풍경의 양념이고 이곳을 찾은 사람들에 대한 예의이기도 하다. 이루어질 수 없는 지순한 사랑 이야기. 로미오와 줄리엣처럼 비극적 결말이 기대된다.

이야기는 이렇다. 350년 전 이 마을 부잣집 무남독녀와 동갑내기 머슴이 사랑에 빠졌다. 그때나 지금이나 태어날 때부터 어느 밭에 씨가 뿌려졌는가가 중요하다. 나는 없고 오로지 가문의 영광을 위해 나를 버리는 것이 지고지선임은 지금도 뼈대 있는 집안의 전통이다. 요즘은 동네만 달라도 안 논다. 제주도도 마찬가지였다. 예전에는 동쪽과 서쪽 마을, 중산간과 해안 마을은 서로 혼인을 꺼렸던 것이다.

그러니 머슴인 주제에 어디 감히 주인어른 무남독녀를 넘볼 수 있으랴. 머슴이 마음을 비웠어야 했는데 젊은 혈기는 쇠소깍 상류 남내소에 몸을 던져 자살을 해버림으로 자신의 사랑을 증거한다. 그 다음 결론은 뻔하다. 이번에는 처녀의 따라 죽기가 이어짐으로 쇠소깍 버전 '로미오와 줄리엣'은 완성된다.

세익스피어의 상상력은 여기까지다. 젊은 남녀의 죽음 뒤를 보지 못하는 것이다. 고작 양 가문의 화해 정도에 머무르고 만다. 쇠소깍 버전은 한 걸음 더 나아간다. 죽은 자는 억울하겠지만 죽은 남녀 귀신에게 죽어서라도 산 자를 좀 도와달라는 적극적 요구를 하는 것으로 상상력을 확대시킨다. 초상난 집은 뒤로 빠지고, 이들의 사랑에 손가락질했을 주민들이 합세하여 이들의 영혼을 모실 당(堂)을 마련하고 마을의 안녕과 번영을 지켜주도록 기원한다. 이 당을 '할망당' 혹은 '여드레당'이라 한다.

나에게는 두 남녀의 죽음보다는 마을 사람들의 그 다음 이야기가 흥미롭다. 이들의 삶의 방정식은 철저하게 현세지향적이다. 제주도에는 일만 팔천의 신이 있다. 삶에서 발생할 수 있는 모든 경우의 수를 상정하고 거기에 꼭 맞는 '맞춤신'들을 만들어낸 것이 제주 사람들이다. 자살한 남녀의 죽음까지도 이용해야 하는 절박함은, 어쩜 척박하고 바람 잘 날 없는 이승의 삶을 끌고 갈 수 있는 지혜였다는 것을 쇠소깍의 무섭도록 짙은 녹색 물빛을 보면서 생각했다.

바람의 거림낌 없는 희롱 앞에서
속수무책으로 흔들리는 연둣빛 생명들.

있는 그대로

벌써 25년 전 일이다. 지금처럼 올레 코스가 있었던 때도 아니었다. 그때 나는 일주일 정도 딱히 목적지도 없이 무작정 제주도를 걸었다. 그리고 보면 최초의 올레꾼이 나였는지도 모르겠다. 여행이 목적지가 있다면 떠도는 방랑은 목적지가 없는 것이 특징이다. 버스를 타고 가다가 마음에 드는 곳을 만나면 차를 세웠다. 그래도 운전기사 아저씨들은 싫은 내색을 안 했다. 걷다가 지나가는 경운기도 세웠다. 탈탈탈 달리는 경운기에 이리저리 몸을 내맡기며 노란 흙먼지가 폴폴 올라오는 신작로를 느리게 지나갔다. 그러다 내리고 싶은 곳을 만나 훌쩍 뛰어내리면 그만이었다. 경운기를 모는 농부와 눈인사를 나누고 나면, 경운기는 흙먼지 날리는 바람 속으로 아스라이 사라져 갔다.

힘든 여름 뙤약볕 아래에서 걷는 방랑이었지만 자유를 느꼈다. 방랑 중에 가장 힘든 것은 제주 음식을 끼니때마다 먹어야 하는 것이었다. 어디를 가도 먹을거리가 입에 맞지 않으면 참 고통스럽다. 아마 그때 자주 먹었던 것이 돼지 삼겹살이나 소 생등심이었던 것 같다. 생고기야 어디서나 그 맛이 그 맛이기 때문이다. 이때 생긴 선입견이 제주 음식은 맛이 없다는 거다.

이번에 올레 걷기를 계획하면서 이 점이 은근히 걱정이 되었다. 그 지역 음식을 맛보는 것도 여행의 큰 즐거움인데 출발 전부터 영 자신이 없었다.

하지만 지나친 기우였다. 여행을 끝내고 먹어본 제주 토속음식을 꼽아보니 생각보다 가짓수가 많았다. 정식은 기본이고 갈칫국, 성게국, 고기국수, 보말 칼국수, 흑돼지, 성게 칼국수, 회덮밥, 한치물회 등등. 맛에 별을 붙여주자면 네 개에서 다섯 개는 붙여야 할 것 같다. 어떤 여행자는 마라도 자장면이 맛있다는 소문을 듣고, 그것을 맛보려고 모슬포항에서 유람선을 타는 것도 보았다.

내 입맛이 바뀐 것일까 아니면 제주 음식이 도시인의 입맛에 맞추어 변해온 것일까? 관광지 주변에 있는 유명 음식점들이야 그렇다고 하지만 허름한 그 지역 음식점에서 먹은 것마다 모두 맛있으니 올레 탓인지 아니면 여행 중에 내 위에 걸신이 들어앉은 것인지 감이 오지 않았다.

걷다보면 맛있는 음식보다 더 생각나는 것이 있다. 물이다. 얼마나 맛있는지는 뙤약볕 아래를 걸어보지 않은 사람들은 모를 것이다. 500원짜리 생수통 하나를 손에 들고 나면 걷는 것이 그처럼 행복할 수가 없다. 수필가 김소운은 이런 경우를 위해 〈물 한 그릇의 행복〉이라는 따뜻한 에세이를 쓴 것인지도 모른다. 물통이 없으면 불안하기까지 하다. 물은 허벅을 등에 메고 물 찾으러 나간 제주 여인들과 여름에 배낭 메고 걷는 뚜벅이들에게 모두 위력적이다. 갈 길은 먼데 물이 떨어졌다. 아직도 KAL 호텔이 까마득히 멀리 보인다. 길 옆 건물들을 옆 눈으로 힐끗힐끗 보면서 걷는 까닭도 모두 물 때문이다. 그러다 발견한 편의점. 이처럼 반가울 수가 없다.

벌컥벌컥 몇 모금의 물을 들이키고 보니, 푸짐하고 예쁜 편의점 아줌마가 빙긋이 웃으며, 쉬었다 가라고 의자를 내놓는다. 체면도 내려놓고 의자에 앉았다. 지나온 길을 이야기하니 고개를 끄덕이며 보목 포구에서 식사는 하고 오는 길이냐고 되묻는다. 꼭, 보목 포구에서 식사를 해야지 6코스를 걷는 의미가 있다고 내게 다짐을 받는다.

처음 알았다. 이곳 사람들이 가장 즐기는 음식이 자리물회인지. 걷는 곳마다 자리물회 하는 집을 여럿 보았으니 그 집이 그 집인 줄 알았는데 그게 아니란다. 보목 포구 자리물회를 제주에서도 최고로 쳐준다는 것이다. 씨알이 자잘하고 가시가 그냥 씹어 먹기에 알맞아야 하는데, 그 자리돔이 잡히는 곳이 보목이라는 것이다. 씨알이 굵고 가시가 억센 것은 주로 젓갈로 쓰인단다.

아직 식사 전이라고 하자 아줌마는 당장 보목 포구로 가자며 내 손을 잡아끈다. 그리고 편의점의 셔터를 내리고 나를 그녀의 차에 태웠다. 제주도 사람들의 친절은 늘 감동을 주지만, 처음 본 사람에게 자리물회를 먹이겠다고 가게 문을 닫는 푸짐한 친절에는 'A⁺ 감동'이 조금도 아깝지 않다. 보목 포구 어느 음식점 앞에 차를 세웠다. 그리고 주인을 불러 "이 손님 자리물회 꼭 먹여서 보내세요" 하고 당부하더니 다시 차를 몰고 휑하니 가버렸다.

그런데 주인은 자리물회는 없으니 한치물회를 들라고 권한다.

여섯 번째 길 →

165

요 며칠 바람 때문에 배가 나가지 못해 자리돔이 없다는 것이다. 적이 안심이 되었다. 그날그날 잡은 것만을 식재료로 쓴다면 이 집은 믿을 만한 집인 것이다. 그리고 나 역시 처음 먹는 자리물회인지라 먹는다는 것이 썩 자신이 없었다.

된장과 고춧가루를 푼 물에 야채와 한치를 넣고 얼음을 동동 띄운 한치물회가 나왔다. 빙초산은 적당히 넣어 먹으라고 따로 준비돼 있다. 몇 방울 넣었다. 그러나 빙초산은 안 넣는 것이 고유한 한치 맛이 될 듯싶다. 한 대접 푸짐했다.

새콤하고 시원한 한치물회를 마치 국수처럼 젓가락에 돌돌 말아서 입에 넣었다. 회가 생선 따로 양념 따로인 것과 비교하면 물회는 처음부터 양념 속에 횟감을 집어넣고 얼음을 띄워 함께 먹는 것이다. 양념 속에 한치가 들어가면 한치물회, 자리돔이 들어가면 자리물회, 전복이 들어가면 전복물회, 소라가 들어가면 소라물회가 된다. 여름철에 시원하게 먹을 수 있는 회의 변형된 형태. 보목 한치물회가 하도 맛있어서 8코스의 대포 포구에서 거금 만오천 원짜리 한치물회를 다시 먹었는데 역시 이곳에서 먹은 맛이 아니었다. 맛은 세련된 것 같은데 음식 원래의 맛은 아닌 것이다.

흐린 날씨는 결국 비를 뿌리고 말았다. 비 오는 포구에 앉아 홀로 입안이 얼얼하게 한치물회를 먹었다.

그러고 보니 이름 없는 제주 음식점에서 먹은 음식들은 서로 어떤 공통점이 있는 것 같았다. 모두 가급적 조미료를 쓰지 않고 식재료 본래의 맛을 드러내는 것들이다. 인위적인 맛이 아니라 자연

그대로의 맛들이 서로 섞여서 자연의 맛을 유지하는 것이다.

돌이켜보니 25년 전 제주 음식 맛에 실망한 것은 내가 자연의 맛을 모르고 있었다는 이야기가 될 것도 같다. 조미료에 길든 입맛으로는 쉽게 입에 맞지 않은 것이다. 이제 나도 제주 음식을 조금은 즐길 수 있게 된 것 같다. 편의점 아줌마에게 참으로 고맙다는 인사를 남겨야 할 듯하다.

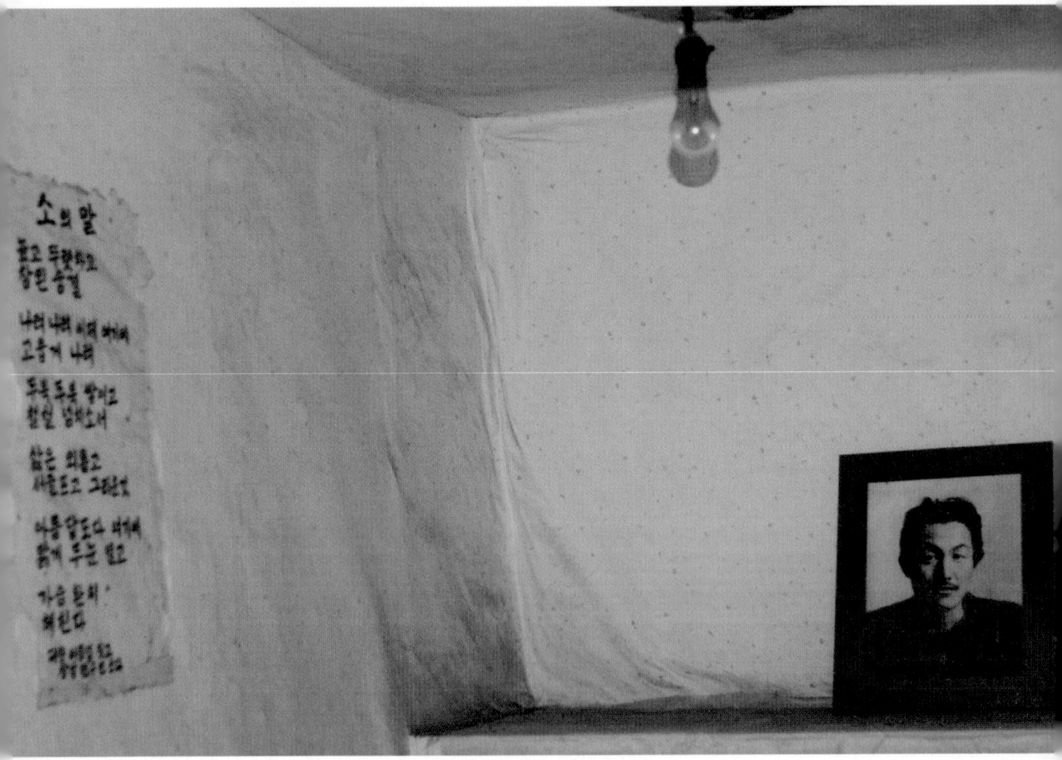
소의 말

그가 사랑한 풍경

　이문간에 들어서자 정갈한 마당이 방문객을 맞는다. 실비에 젖은 땅은 비릿한 흙냄새를 끼친다. 시선이 끝나는 곳에 뒤 울담을 배경으로 안거리('건물의 본체'를 뜻하는 제주도 방언) 한 채가 단정히 앉아 있다. 전형적 제주 가옥 형태의 하나인 외거리(외커리) 집으로 일(一)자형이다.

　여기가 우리가 사랑하는 그림쟁이 이중섭이 열한 달을 살았던 곳이다. 화가로서 보낸 생애 중에 가장 행복했던 때. 누구에게나 여름 한철의 매미처럼 짧지만 행복한 시간은 있는 것이다. 그에게도.

　마당을 건너 정지에 들어섰다. 대낮임에도 알전구에 불이 환히 들어와 있었다. 아직도 밖에서 들어오지 않는 주인을 기다리는 듯했다. 흙바닥의 정지는 한 사람이 겨우 지나갈 수 있을 정도로 통로가 무척 좁았고, 솥 덕에는 작은 무쇠솥 두 개가 걸려 있었다. 정지와 이중섭이 머물렀을 방은 마치 커튼을 쳐 놓은 듯, 작은 문 하나로 간신히 나눠져 있다.

　방을 기웃거렸다. 건너편 벽에 걸린 선반 위에 작은 액자가 놓여 있다. 액자 속에는 한 중년 남자가 물끄러미 방문객을 맞는다. 그가 이중섭이다. 1956년, 마흔한 살의 나이에 영양실조와 간염으로 짧은 삶을 마친 남자다. 정신분열증이라고도 하고 그냥 미쳤다고도 하는 이 천재 화가, 죽어도 편치 못했다. 연고자 없이 죽은 몸뚱이는 서대문 적십자병원의 냉동실에서 꽁꽁 얼은 상태로 사흘간이나 나오지 못했다. 우연히 한 친구에 의해서 죽은 몸뚱이가 인수되었다. 그리고 화장되어 망우리 공동묘지의 죽은 자들 가운데로 편입되었다. 이중섭이 비에 젖어 지친 내게 묻는다.

"길을 걷는 너는 행복하냐?"

나는 얼른 대답을 못한다. 머뭇거린다. 그가 벽 한쪽을 눈빛으로 가리킨다. 시다. 온전한 곳 없이 너널너덜해진 화선지에 먹물로 쓴 시가 벽 한가운데 붙어 있다. 종이는 낡고 시시한 종이인데 거기에 쓰인 시는 맑다.

소의 말

높고 뚜렷하고
참된 숨결

나려나려 이제 여기에
고웁게 나려

두북두북 쌓이고
천천히 넘치소서

삶은 외롭고
슬프고 그리운 것

아름답도다 여기에
맑게 두 눈 열고
가슴 환히
헤치다.

그가 내게 말하길 "나는 이 시를 일용할 양식으로 읽었다"고 했다. 앉아서도 읽고, 누워서도 읽고, 서서도 읽고……

그가 그린 소 그림에는 분노도 있고 외로움도 있고 슬픔도 있고 그리움도 있다. 그래도 이 시절은 "아름답도다. 여기에 맑은 두 눈 열고 가슴 환해지는" 사랑하는 아내 남덕(야마모토 마사코)과 태현, 태성 두 아이가 그의 곁에 있었기 때문에 가장 행복했으리라. 남덕은 그가 도쿄 시립제국미술대학에서 만난 예술적 동지였다. 일본 명문가의 딸인 남덕은 이중섭을 사랑했고 이중섭의 예술을 사랑했기에 현해탄 사이를 수시로 불어 닥친 모든 풍랑을 이겨내고 둘만의 가정을 만들 수 있었다.

여기, 그의 집 앞에 서면 눈앞 바다에 섶섬이 두둥실 떠오른다. 그것은 그대로 그림이 되었다. 〈섶섬이 보이는 풍경〉이 그것이다.

먹을 것이 없었던 이 '거지 가족'에게 바닷가에서 잡은 게는 매일의 식탁을 채워주었다. 아이들은 남덕과 이중섭의 손을 잡고 섶섬이 보이는 바닷가로 내려가 게를 잡아 깡통에 담았다. 그리고 다시 이 누추한 초옥으로 돌아왔다. 남은 자리는 사랑과 사랑이 메워주었다.

그러니 어찌 행복하지 않을 수 있으랴! 그의 그림에 등장하는 행복한 아이들, 많은 게들, 아이들 몸뚱이보다 더 큰 고기들……. 아! 정말 그렇게 큰 고기를 잡을 수만 있었더라면……. 1952년에 집중적으로 그린 은지화 속 주인공들의 원적지가 저 섶섬 앞 바닷가였던 것이다.

이 짧은 행복은 남덕이 두 아이들과 함께 마지막 송환선을 타고 현해탄을 건너감으로 끝난다. 이중섭이 남덕과 아이들을 배에 태운 것도 징글징글한 밥 때문이었을 것이다. 같이 살고 싶지만, 아이들 배 안 곯게 하려고 일본으로 보내고, 스스로는 부산 범일동의 막노동자로 새 출발을 기약한 것이다. 예술이 아니다. 그는 밥이 필요한 것이다. 밥이 있어야 남덕도 태현, 태성도 볼 수 있는 것이었다.

그러나 그림쟁이가 할 일은 별로 없었다. 돈이 되지 않는 예술을 붙들고 있는 오늘날의 예술가들은 그때나 지금이나 형편이 별로 나아진 것이 없다. 예술은 밥 앞에 한없이 무능하고 초라한 모습을 보여준다.

지게꾼, 페인트공, 막노동자 등으로 변신하여 번 돈으로 다시 가족과 함께 살 꿈을 꿔봤지만 제 몸 하나도 건사하지 못하고 망가져갔다. 그것으로 모든 것이 끝장. 천재는 어느 날 행려병자가 되고,

그렇게 쓸쓸히 죽어서 별이 되고 신화가 되었다.

나는 이중섭 미술관을 쉽게 떠나지 못하고 서성거렸다. 그리고 미술가의 이름을 나직이 불러보았다. 이중섭! 그가 죽고, 4년 후인 1960년, 정식 갤러리도 아닌 부산 로터리 다방에서 최초의 유작전을 여는 국민화가 이중섭. 2002년 서귀포시는 그가 제주도와 맺은 짧은 인연을 기념해 이중섭 미술관을 개관했다. 그가 죽은 지 거의 반세기 만이다.

그러나 나는 그림보다도 그를 사랑했던, 그리고 그가 사랑했던 일본 여인의 순애보에 눈시울이 붉어짐을 어쩌지 못했다. 일본에서 보낸 편지는 늘 이렇게 끝난다.

"마음으로부터 당신의 남덕"
"진심으로 당신의 남덕"

'당신의 남덕'도 죽고, 이중섭도 죽었다. 지금쯤 그들은 가난을 벗고, 저 하늘나라에서 마음껏 사랑하고 있을까?

그리움을 따라 걷다

외돌개 – 월평 포구

고독이라는 이름의 병

어설프게나마 사진평론가라는 직함을 가지고 있기에 인사동, 청담동, 북촌 같은 갤러리가 몰려 있는 동네로 '마실 나가는' 일이 많다. 좋은 예술품을 만나서 좋고, 좋은 예술가들과 차나 소주 한 잔 하는 것도 좋고……. 세상 사는 즐거움이 이런 게 아닐까 싶다. 그런데 언제부터인지 바깥출입이 점점 뜸해지기 시작했다. '방콕' 하는 일이 많아진 것이다. 어쩌다 우연히 갤러리에서 지인이라도 부딪치면 받는 인사가 "요즘 잠수 중이세요?"다.

부정하지는 않는다. 좀 더 깊이 내려가야 할 것 같다고 말한다. 그러고는 상대에게도 '잠수' 탈 것을 은근히 권한다. 물론 상대는 의아해 한다. 다른 사람의 작품을 많이 봐야하는 깃 아니냐는 뜻이다. 좋은 작품을 보고 자극이나 기를 받아야 하기도 하고, 쓸쓸하지 않을 내 전시회를 위해 이웃 작가의 전시회에 눈도장을 찍어야 하기도 하지만, 그것도 한참 배울 때의 일이고 젊을 때의 일인 듯 싶다. 이제 중견 작가쯤 되면, 자기 세계가 분명하고 바로 서야 할 때인데 아직도 동냥하듯 이집 저집 기웃거리며, 다른 이들의 예술을 보아서 무엇 하랴. 이미 해가 서산에 걸리고 서쪽 하늘부터 노을이 점점 짙어오기 시작하는데…….

　이제 우리에게 남은 시간이 별로 없다. 그래서 상대에게는 무척 섭섭하게 들릴지 모르겠으나 한마디 안 할 수가 없는 것이다.

　"이 나이에 우리가 다른 사람 작품을 봐서 무슨 유익이 있겠습니까? 그게 좋다고 베낄 생각이세요? 이제는 음정 박자가 맞든 틀리든 우리 노래를 부를 수밖에 없어요. 너무 멀리 온 거지요. 이제라도 내 예술을 해야 하는데, 시간이 별로 없네요. 마실 다닐 만큼 그렇게 한가하지도 않고요. 그런데 이런저런 궁리를 해봐도 예술의 보약은 고독밖에 달리 명약이 없는 것 같아요. 좀 더 혼자 있는 시간을 많이 가지고, 사색하는 시간을 늘려보는 거지요. 견딜 수 없는 외로움이 밀려오면, 그야 어쩌겠어요. 참을 만하면 좀 더 외로워져야 할 것 같아요. 그러니 더 깊은 바다로 내려갈 수밖에 없지요."

　외돌개에 서니 여기가 장터인가 싶다. 일본이나 중국에서 온 관광객들도 쉽게 볼 수 있다. 여기저기서 카메라 셔터 누르는 소리가 들리고 낯선 이국 언어들도 쉽게 들을 수가 있었다.

　나로서는 외돌개 방문이 세 번째다. 25년 전과 10년 전에도 이곳에 왔었다. 그러나 주변 경관이나 분위기는 매번 변했다. 변하지 않는 것은 여전히 해안가에 몸을 담그고 서 있는 외돌개뿐이다. 누가 이발을 해준 것도 아닌 것 같은데 초록 머리털도 변함이 없다. 세월이 흘러도 늙지 않는다. 무표정한 얼굴빛도 마찬가지다. 요즘은 그 얼굴을 보려고 이 나라 저 나라 관광객이 찾아오는 형편이니 이름처럼 그렇게 외로울 것 같지도 않다. 이미 유명해졌다. 속된

말로 '뜬' 것이다. 외돌개라는 이름까지도 바꿀 때가 된 것은 아닌지 모르겠다. 그래서 외돌개는 지금 표정관리 중인 것이다.

기념사진 한 장을 '박아야' 하는데, 어떻게 찍지? 빈 바다에 저 홀로 외롭게 서 있는 모습을 담을까? 외돌개 콘셉트로는 그게 딱이다. 그게 이름에는 맞을 듯한데, 군중 속의 고독을 즐기는 외돌개에게 어째 그건 사치스러운 느낌이다. 세상맛을 아는 외돌개가 되어버린 느낌이 드는 것이다. 그래서 사진 속에 가급적 많은 주변 친구들을 넣어주기로 마음을 바꾸었다.

이제는 저 외돌개가 문제가 아니라 올레꾼들 사이에 '외돌개'가 많다는 것이 문제다. 성과 나이에 관계없이 고독하고 외로워서 이곳을 찾는 사람들의 숫자가 적지 않다. 외돌개를 지나면서 K시에서 이곳을 찾은 한 중년의 부인과 잠시 길동무가 되었다. 혼자서 길 위에 선 또 다른 외돌개다.

"언제 오셨어요?"

"오늘 새벽 4시에 K시를 떠났어요."

"왜 가족과 오시지 않고 혼자 오셨어요?"

"생각 좀 정리하려고요."

"……."

"저도 이제 쉰이 넘었는데, 허무하더군요. 작년까지 놓지 않고 일을 했어요. 아이들은 다 커서 각자 외지로 떠났고, 남편과 텅 빈 집에 있으려니, 살아온 세월이 허무한 거지요. 노후 걱정은 안 해도 좋을 만큼 돈은 벌었는데, 그게 행복을 주지는 않는 거지요. 좋은 집, 좋은 차, 좋은 가구, 많은 옷과 구두……, 그게 어쨌다는 건지 모르겠어요. 우울증이 찾아오고……, 남편이 바람 좀 쐬고 오라고 해서, 그냥 아무 생각 없이 왔어요. 와보니 참 좋네요."

　한 소년이 있었다. 그 소년 앞에 오색찬란한 무지개가 떠 있었다. 소년은 그 무지개를 잡으려고 길을 떠났다. 그가 잡으러 가면 그 거리만큼 떨어져 무지개는 소년의 눈앞에서 오라고 손짓했다. 가고, 또 가도, 꼭 그만큼 앞서 무지개는 소년을 유혹했다. 험준한 산도, 폭풍우가 몰아치는 바다도 건넜다. 그러다 어느 날 거울 앞에 선 소년. 머리는 하얗게 되고, 얼굴에는 주름이 가득했다.
　"아아, 무지개란 기어이 사람의 손으로 잡지 못하는 것인가?"

　김동인의 단편 소설 〈무지개〉 이야기다. 벨기에 작가 마리스 마테를링크의 주제도 유사하다. 무지개 대신 파랑새로 바뀔 뿐이다. 행복을 상징하는 파랑새를 찾아 떠나는 치르치르와 미치르. 그러나 그 어디서도 파랑새를 찾지 못하고 힘없이 집으로 돌아오는데, 그렇게 찾던 새가 새장 안에서 노래하는 것이 아닌가.
　길 떠난 외돌개들은 홀로 고독하게 길을 걷는다. 그러나 이들에게서 발견되는 공통점은 무지개를 찾거나 파랑새를 찾으러 길 위에 서 있는 것 같지는 않다는 것이다. 그쯤은 알고 온 것 같았다. 하긴 올레를 걷는다고 무슨 무지개를 잡고 파랑새를 볼 수 있겠는가? 몸살이나 안 나고 발바닥에 물집이나 안 잡히면 그나마 다행이지. 그래도 행복하다고들 말한다. 고독하고 힘들지만 행복하다? 이 역설의 미학을 길 위에서 배우고 떠나는 것이다.

황혼의 나르시시즘

떠오르는 뽀송뽀송한 아침 햇살 속에 드러나는 연둣빛 새순들은 자기의 아름다움을 스스로 말하지 않는다. 그래도 사람들의 눈길을 잡아둔다. 새 생명을 얻은 아기의 눈동자에 들어 있는 엄마의 환한 미소는 또 얼마나 눈부시냐. 이 삶이 연두색 삶이다. 연두색 삶이 아름다운 것은 그게 새 삶의 고고(呱呱)이기 때문이다. 인생의 봄. 계절의 봄. 무릇 생명을 얻은 모든 것들에게는 단 한 번 찾아오는 연두색이다.

연두색 삶이 아름다운 것은 새 삶이어서가 아니다. 내일의 삶을 걱정하지 않고, 누구와 비교하지 않는 삶이기 때문이다. 땅을 밀고 나온 들판의 새순은 강가에 핀 수양버들의 연두 잎사귀를 시새움하지 않는다. 각자 제 연두색에 어울리는 빛과 향기가 있는 것이다. 누가 가르쳐주지 않아도 연두 잎사귀에는 작은 부처가 살고, 아이의 시름없는 눈빛에는 작은 예수가 산다. 행복의 조건이 실용이나 경제, 물리나 미학이 아니라 심리적인 것임을 새싹들은 스스로 안다. 그래서 어린 시절은 가난해도 행복하다.

아침 이슬, 가볍게 저를 흔드는 바람, 누가 깰까봐 살며시 내려

앉은 아침 햇살이 있어 연둣빛 새순들은 행복하다. 천천히 흔들어 주는 요람, 따뜻한 젖가슴, 어루만지는 엄마의 손길이 있는데, 어떻게 삶이 '파란'임을 예감할 수 있을 것인가?

종교가 없어도, 진리를 몰라도, 행복의 조건을 생각하지 않아도 연두색 삶은 그 자체가 행복이다. 탐진치(貪瞋痴). 탐내지 않고, 성내지 않고, 어리석음을 버리는 게 행복의 최고 조건이라 하지만, 그것마저 모르고 행복할 수 있었던 시절이 연두색 시절 아니겠는가 싶다.

그러나 이 삶은 그리 길지 못하다. 봄날은 흩어지고 연두색은 짙어져 녹색으로 변해간다. 풋것의 아름다움은 점점 빛을 잃어간다. 그리고 안다. 삶이 파리나 모기처럼 몸을 뒤집어 천정에 매달려 있지 못하는 존재라는 것을. 꿀을 따는 꿀벌처럼, 제 날개를 움직여 한 공간에 오래 머물 수 없다는 것도. 쓰레기를 뒤져 상한 음식을 먹어도 탈이 나지 않는 들고양이가 될 수 없다는 것도.

그리고 안다. 내가 조금씩 시시한 것을 얻기 위해 치사해져 가는 것을. 돈 앞에 머리를 조아리고, 이념을 위해 핏대를 세우고, 권력을 위해 배신을 하고, 종교를 위해 사람을 죽일 수도 있는 존재라는 것을.

인사치레와 시늉만으로 사는 것에 점점 익숙해지면서, 연두색은 갈색으로 변하고, 시들어가고, 벌레 먹고 병들어간다. 이것은 어찌해볼 수 있는 것이 아니라 운명이라는 것을 터득해간다. 그것을 우리는 성숙이라고 부른다. 비록 이 운명이 불행이고 슬픔이 가득 찬 곳이라고 할지라도……. 우리는 나름의 행복을 추구하기 위해 무엇이나 할 수 있는 야만의 얼굴에 어느덧 익숙해져 간다.

월산동 아침 해를 즐긴 것이 불과 몇 시간 전인데 외돌개를 지나 법환 포구에 이르니 해가 중천을 지났다. 오후 3시가 훨씬 넘었다. 아침의 풋풋한 감정은 어느새 증발해버렸다. 다리는 팍팍하고 걷는 것은 점점 힘에 겹다. 눈 밑으로 바다가 누워 있다. 나는 그곳에 주저앉을 수밖에 없었다. 그리고 늦은 점심으로 성게 칼국수를 중년의 해녀에게 부탁했다. 내 옆 파라솔 아래에서는 젊은 남녀 한 쌍이 소주를 홀짝거리고 있다. 내가 쓸쓸해 보였을까? 소주를 권한다. 바다 바람에 긴 머리를 연신 쓰다듬으며 여자가 말한다.

"아저씨, 소라가 둘이 먹기에 너무 많네요. 같이 하면 어때요?"

"괜찮아요. 저도 지금 식사를 부탁했어요. 많이 드세요."

성게 칼국수는 짭조름했다. 면발 속에 바다를 가두고 있었던 것이다. 노란 성게알은 희뿌연 국물 속에서 잘 보이지 않았다. 젓가락으로 면을 들어올릴 때마다 자기의 존재감을 간혹 드러냈다. 얇게 저며 함께 넣은 소라도 국수와 함께 씹힌다. 소주 한 병과 소라한 접시를 후딱 비운 젊은 남녀는 일어났고, 나는 다시 혼자가 됐다. 내가 걸어온 길은 이미 나에겐 헌 길이 되어 등 뒤로 수북이 쌓였는데 새 길을 떠나는 것이 어째 자꾸 망설여진다. 끝내 식사를 마치고, 빈 그릇을 가지러 온 해녀에게 민박집을 알아봐 달라고 부탁을 했다. 시즌 때는 오만 원도 받았는데, 손님이 없으니 이만 원만 받겠다고 한다.

사실 오늘 일정은 풍림 콘도에서 끝내기로 했는데……. 다시 지도책을 꺼내놓고 거리를 따져 본다. 약 4킬로미터 정도. 걸을 만할 것 같다. 남녀가 떠난 자리에는 차림새로 보아 이 지역에 사는 듯, 햇볕에 구릿빛으로 얼굴이 익은 중년남자 둘이 새로 자리를 잡았다. 힐끔힐끔 내 쪽을 자주 쳐다본다. 외지 사람이라는 뜻이다. 그렇다고 경계의 눈빛을 보이는 것은 아니다. 어떻게든 내게 말을 건넬 수 있는 기회를 엿보는 것 같았다. 이럴 때는 이쪽에서 먼저 말문을 열어야 한다.

"아저씨들, 풍림 콘도까지 얼마나 걸릴까요?"

"풍림 콘도요? 시간 반 정도면 가지요."

"에이, 무슨 시간 반, 한 시간이면 충분하지."

"달음질해서 가나? 걸으면 시간 반 정도는 족히 걸리지."

묻는 사람은 뒷전으로 빠지고 늙수그레한 사내들은 한 시간 반과 한 시간 사이를 왔다 갔다 한다. 나는 속으로 해찰할 시간까지 넉넉하게 잡아, 이미 두 시간으로 정해둔 지 오래인데.

"이나저나 해거름에 갯가 걷는 것은 위험해요. 길이 잘 안 보이거든요. 어서 일어나시는 게 좋겠네요. 아, 그리고 풍림에서 주무시면 서건도에 가보셔도 좋을 거예요. 물때를 잘 보아야 할 텐데."

일어났다. 그리고 늦은 오후 새 길을 재촉한다. 법환 마을은 이곳을 통과하는 여행객들을 위하여 볼거리를 친절하게, 그리고 자세히 예쁜 안내판에 적어서 해안가 도로 옆에 세워두었다. 읽으면서 가는 것도 재미있다. 몇 가지만 읽어보면,

배염줄이

법환동 144-4-1511번지 일대로 길게 뻗은 '여'다. 고려 말 묵호의 난을 진

압하기 위해 이곳에서부터 범섬까지 뗏목을 이었다고 하여 이것을 '배(船)+연(連)+줄+이'로 분석하고 있다. 지형적으로 봤을 때, 이곳 일대는 바다로 길게 뻗은 '여'다. '여'는 바다해저에서 솟아오른 바위를 나타내는 제주어. '개막'에는 본향당이 있으며, 남쪽 해상에는 '물깍먼 여'가 있다.

흰 돌 밑(황해산 성터)

흰 돌은 법환동 1536번지 일대에 위치한다. '두머리 물' 동편에 있는 큰 바위를 말하는데 까마귀 혹은 물새들이 이 돌에 앉아 똥을 싸기 때문에 돌이 희게 보인다 하여 '흰 돌'이라고 했다. 지금도 멀리서 보기에는 주변과 비교해 희게 보이나 그렇게 희지만은 않다. '밑'은 아래라는 의미이며, 법환동 1527번지 해변으로 바다 쪽으로 좁고 길게 뻗어 있는 육지의 한 부분인 '코지'다. '코지'는 제주도 방언으로 '곶'을 의미한다. 아래쪽에는 '바닥 여'가 있다.

벌써 1시간은 족히 지난 듯싶은데, 길은 자꾸 희미해진다. 썰물 때 바다로 함께 나가지 못한 물은 바위에 포위되어 있다. 늙어가는 하늘이 지나가며 물거울에 제 모습을 잠시 비추어 본다. 아름답다. 황혼의 나르시시즘!

태양은 이미 수평선 사이로 내려갔고, 붉고 긴 옷자락은 아직 하늘에 걸려 있다. 어둠이 내리면 이마저 곧 퇴장할 것이다. 태양도 하루의 끝자락에 서면 마지막 아름다움을 저리도 뽐내는데, 우리네 삶의 끝은 과연 이처럼 아름다울 수 있을까?

바다에 뜨는 별

여름의 길고 긴 낮도 일단 해가 떨어지기 시작하면 그 속도를 측량할 길 없다. 노을빛이 얼마나 빨리 변하는지 해가 지는 서쪽 하늘을 잠시라도 바라보면 금세 알 수 있다. 뜨는 해를 보아야지 지는 해를 보면 아름다움을 느끼기도 전에 먼저 서럽다. 그러니 살 만큼 산 어르신들은 지는 해를 볼 일이 아니다.

나이에 따라서 느끼는 체감 시간은 많이 다르다. 청소년기에는 시간이 더디 간다. 하루도 더디 가고 일 년도 더디 간다. 왜 나이 먹는 게 그리 힘이 드는 것인지……, 빨리 어른이 되고 싶은데, 하는 마음뿐이다.

인생마다 다르겠지만 쉰만 넘어봐라. 나이든 사람들에게 흔히 듣는 이야기가 살아온 시간에 따라 인생이라는 차의 속도가 달라진다는 것이다. 쉰에는 시속 50킬로미터, 예순에는 시속 60킬로미터, 일흔에는 시속 70킬로미터…….

그런 것을 자연에서 진하게 느끼는 시간이 해 질 무렵이다. 이제 작별해야 하는 지는 해를 바라보면서 맞는 짧고 화려한 시간이 서글픔을 주는 것이다.

아직 갈 길이 더 남았는데 어둠이 쌓인 길은 희미하고 바위에 표시되었을 화살표는 보이지 않는다. 갑자기 어둠이 온다는 것과 그래서 갈 길을 잃어버릴 수도 있다는 생각이 두렵게 다가왔다. 벌써 몇 차례 가던 길을 되돌아왔지 않은가. 햇빛 속에서 그렇게 신비하고 아름답게 보이던 갯바위들은 출입금지를 알리는 검은 커튼처럼 길을 막고 서 있다. 오늘 중에 당도해야 할 곳의 불빛이 조는 듯 깜박거린다. 눈앞의 화살표는 없어졌으나 내가 가야할 곳의 불빛이 손짓하니 어떻게든 가겠지, 하는 마음으로 나를 다독인다.

다시 배낭에서 카메라를 꺼냈다. 낮과 밤이 교차되는 짧은 시간. 그 빛을 다시는 못 볼 것 같다는 생각에 무서움도 잠시 잊었다. 이제 바다색과 하늘색이 같은 색이다. 바다의 색은 하늘의 색에 따라서 결정된다. 지금은 짙은 남빛 하늘이 그대로 바다색이 되었다. 하늘이 제 얼굴을 바다에 비추어보고 저를 발견하는 것인지, 아니며 바다가 모든 것을 비워놓고 하늘을 받아들이는 것인지 나로서는 알 길이 없다.

하늘과 바다의 어름에 갈치배의 집어등이 없다면 어디가 하늘인지 어디가 바다인지 모를 것 같다. 2000와트짜리 집어등이 바다 끝에서 하나둘씩 불을 밝힌다. 어둠이 내리는 제주 바다에서 별처럼 떠오르는 집어등 불빛이 나 같은 올레꾼에게는 낯선 호기심의 대상이겠지만, 어부들에게는 힘든 삶이 녹아 있는 희미한 희망일 뿐이다. 이들은 은빛 갈치를 잡으려고 저녁 어스름에 배를 띄우고 먼 바다로 나아간다. 갈치가 깨어 있으면 갈치잡이 어부들은 잠을 청할 수가 없다. 그래서 밤바다로 나가고, 동틀 무렵에야 길 떠난 항구로 돌아온다. 이들을 기다리는 공판장은 새벽부터 북새통이다. 밤새 파도에 시달린 어부들은 잡은 청동빛 갈치를 여기에 부려놓는다. 이들에게는 갈치가 곧 밥이다.

이렇게 잡은 갈치는 공판장을 통하여 팔려 나가고, 육지에서는 대개 구이나 찜으로 식탁에 오른다. 그런데 갈치의 별난 맛은 국에 있다고 이곳 사람들이 이구동성으로 말한다. 갈치로 국을 끓인다면 먼저 떠오르는 것이 비린내다. 비린 국을 떠먹는다는 생각에 비위 약한 사람은 말만 들어도 위에서 신물이 올라올 것이다. 제주도 사람들인들 비린 국을 누가 좋아하겠는가? 허나 섬을 떠나 육지로 나간 이곳 사람들이 소증(素症)을 가장 느끼는 것이 갈칫국이다.

내가 올레길을 걷기 위해 제주도에 내려와 처음 도전한 음식 역시 갈칫국이었다. 멀건 국물에 애기배추 잎사귀 밑으로 토막 낸 갈치 몸뚱이가 숨겨져 있었다. 어째 맛있을 것 같지가 않았다. 갈치는 밀쳐놓고 조심스럽게 국물 한 숟가락을 담아 입에 댔다. 생각보다 담백하고 구수하다. 풋고추의 매콤함도, 애기배추 잎의 심심한 맛도 개운하다. 이번에는 도톰한 갈치의 등지느러미에 붙은 뼈를 발라내고 젓가락으로 살점을 집어내 한 입 맛본다. 살이 달다는 표현이 적당하리라. 아침 해장국으로 이만한 국이 없을 것 같다.

소설가 한창수의 글은 그 맛을 절묘하게 묘사한다.

"저것을 서방이라고 믿고 사는 내가 미친년이지."
남편은 또 병이 도졌군, 생각한다.
"뭐에 씌어서 저 웬수한테 시집을 왔을까. 그때 그냥 갈치배 선

장한테 갈 걸."

"아, 갈치 사주면 되잖아."

"시장 갈치가 그 맛이 나? 아이고 속도 타는데 갈칫국이나 한 그 릇 시원하게 먹었으면 좋겠네."

갈칫국 맛있다고 일부러 쓰지 않는다. 육지로 시집온 여인이 부부싸움 끝에 오가는 대화만 들어도 그 맛은 다 알겠다.

갈칫국 끓이는 법은 아주 쉽다. 먼저 싱싱한 갈치를 토막 내서 끓는 물에 넣고 국물이 우러날 때까지 끓여야 한다. 갈치 살이 풀어지면 안 된다. 우러난 국물에 호박, 배추, 마늘, 풋고추 넣고 끓이다가 마지막에 고춧가루를 뿌려 내는 것이다. 간은 젓국으로 맞추는 것이 정통이다. 이러한 조리법이야 제주 사람에게는 말 안 해도 안다. 어느 집에서 갈칫국을 먹어도 이 정도 맛은 기본이니 안심해도 좋다. 한 번 맛들이면, 술 마신 다음날 아침 속풀이거리로 계속 생각난다. 그래서 갈칫국을 들이키는 올레꾼이 늘고 있다.

해 지고 바라보는 검은 바다에 총총한 저 별들은 그게 가난과 두려움을 통과하는 제주 어부들의 삶의 방정식을 보여주는 별들인 것 같다. 어두운 현실에서 희망을 보여주는 별들이 밤마다 바다에서 떠오르는 집어등인 것이다. 날이 점점 어두워지면서 바다는 별들로 가득해질 것이다. 희망으로 가득해질 것이다. 그 희망을 보고 나는 길 없는 길을 더듬거리며 숙소를 찾아갔다.

흔들린다는 것

팬티까지 오는 짧은 치마를 입고 계단을 오르거나
에스컬레이터를 타는 처녀들은 손가방으로
뒤를 가린다.

보여주고 싶은 곳까지가 아름다움이고
감추고 싶은 곳은 부끄러움이다.
그 경계에 흔들리는 가방이 놓인다.

밤과 낮이 함께한 공시적 시간 속에
이천 와트 갈치배 불빛이 부표되어 흔들린다.

여덟 번째 길

마음을 살피며 걷다

월평 포구 - 대평 포구

일만 팔천 맞춤신

난바다로부터 밀려오는 파도는 방파제를 만나면 잠시 멈춤이다. 그리고 착해진 물만 방파제 안으로 들어갈 수 있다. 제주도의 모든 포구는 물길에 따라 다양한 형태의 방파제를 만들고 파도를 길들여 쉬는 어선을 보호한다. 그러나 8코스의 출발점인 월평 포구는 좀 달랐다. 많은 배가 정박해 있으려니 생각했다면 실망이 크다. 두 척의 배만 한가롭게 떠 있었다. 포구에 배가 모두 들어와도 다섯 척을 넘기면 움직일 수 없을 것 같은 미니 포구다.

이 코스의 특징을 딱 한마디로 말한다면? 길동무가 되어주었던 서울 아줌마의 말씀에 동의한다.

"저도 이 나라 저 나라 여행을 많이 했는데, 이런 곳이 한국에 있었나 싶네요. 아름답고 이국적이라는 말이 적당한지 모르겠어요."

그렇다. 모든 코스 중에서 가장 이국적인 코스를 꼽으라면, 월평 포구에서부터 돌고래 쇼장까지의 약 10킬로미터의 이 길을 먼저 꼽겠다. 해병대원들이 힘을 보태 선물한 멋진 돌길 갯깍과 이 길의 중간에서 볼 수 있는 동굴 들렁귓궤, 그리고 중문의 주상절리, 신이 만든 오묘한 돌조각을 보는 기쁨도 크다. 여름 시즌이 끝나 인적이 뜸한 바닷가 모래밭을 홀로 걷는 쌉쌀한 쓸쓸함도 맘에 든다.

색달 하수종말처리장에서 물 한 모금 마시고 볼일 보고 다시 출발. 눈앞에 일렁이는 억새의 물결을 보고 걷노라면 어느새 멀리서 눈을 뗄 수 없는 바닷가 절벽이 산방산을 배경으로 눈에 들어온다. 박수 기정이다.

그곳으로 내 걸음을 줌 인하며 8코스의 절정을 향해 다가간다. 집의 숫자가 점점 많아진다. 포구 마을 대평이다. 포구에서 시작하여 포구로 끝나는 전형적인 바당 올레, 총 17.6킬로미터. 즐겁게 걸을 수 있는 코스다.

천상병 시인은 '빽'을 둘 가지고 있었다. 첫 번째 '빽'은 아내다. 막걸리를 좋아하는 시인에게 막걸리를 사주는 아내는 최고의 '빽'이다. 두 번째 '빽'은 하나님이다. 하나님을 믿으니, 하나님보다 더 힘센 '빽'이 어디 있겠는가?

막걸리를 좋아하는데
아내가 나 사나구니 무슨 불펑이 있겠는가.
더구나 하나님을 굳게 믿으니
이 우주에서 가장 강력한 분이 나의 빽이시니
무슨 불행이 온단 말인가

그의 〈행복〉이라는 시의 가운데 토막이다. 막걸리만 있으면 행복한 사나이. 그러기에 이 세상을 떠나는 날, "이 아름다운 세상 소풍 끝나는 날. 가서, 아름다웠다고 말하리라"고 할 수 있었으리라.

혼자 살 수 없는 곳이 이 세상이다. 그렇기 때문에 누군가 옆에 좋은 사람이 있었으면 좋겠다. 아내든, 친구든, 나를 아껴주고 사랑해주는 그 누군가 말이다. 그러나 누군가를 만나고 또한 변치 않는다는 것이 어디 그리 쉬운 일인가? 바람에 나뭇잎이 뒤집히듯이 너무 쉽게 뒤집히는 것이 사람 사는 모습이라, 마음 터놓고 속마음 드러내기가 참 어렵다.

그 점에서 막걸리를 사주는 착한 아내를 둔 천상병 시인은 그의 시처럼 행복했다. 또한 공연한 사람 잡아다가 죄인 만들고 북어 패듯 두들겨 팬 법과 공권력에 절레절레 머리를 흔들지만, 그래도 시인이 마음을 내려놓고 되돌아갈 수 있는 곳이 있으니 다행이었다. 가장 강력한 '빽' 하늘나라 하나님이다. 천상병 시인은 삶의 자리에서는 아내를, 죽어서는 하나님을 빽으로 두었으니 무슨 걱정이 있었겠는가? 마음이 어린아이 같은 시인. 그런 마음을 가장 좋아한다고 하나님은 성경에서 공개적으로 말했다. 시인이 천국 가는 '인사청문회'를 통과하는 것은 그야말로 여반장이 아니었겠는가.

누군가 말하길 "인간은 종교적 동물"이라고 했다. 생각해보면, 종교는 없는 것보다는 있는 편이 좋은 것 같다. 콧구멍이 있어야 숨을 쉬듯이, 어디 가서 믿을 만하게 하소연하고 위로받을 곳은 역시 신이 최고다.

그래서인지 세상살이가 험한 곳일수록 신들의 종류가 많다. 제주도가 신들이 많다는 것은 이곳이 살기가 그만큼 고단하다는 말

이기도 하다. 신들이 사는 섬, 신들의 고향이 제주도다. 이곳에 사는 신이 무려 일만 팔천이니 이 섬을 신들의 섬이라 불러도 마땅하리라.

시에스 호텔을 내려오니 이상한 굴 하나가 있다. 깊지 않은 자연 동굴인데, 마치 빨래를 걸어둔 것처럼 때 묻은 천들이 굴의 천정부근에서부터 걸려서 내려뜨려져 있다. 직감적으로 '당'이라는 생각이 들었다. 이것을 '물색'이라고 한다. 신에게 드리는 정성으로, 종이에 구멍을 뚫어 걸어두면 돈을 관념하는 것이 된다. 이럴 때는 '지전물색'이 된다.

제주도에 일만 팔천의 신이 사는 집이 당이다. 막상 이 당을 여기서 보기가 어려웠다. 사찰도 눈에 띄고 교회도 보이는데, 제주인들의 전통 신앙 공간은 정작 볼 수 없었다. 그런데 여기서 그 당을 만난 것이다. 사진에서 보는 것과 같이 길가 바위틈에 당이 있다는 것은 우리가 생각하는 제도화된 일반 종교와 퍽 다른 점이다. 신이 사는 집은 멋지고 커야 하고, 그곳에 신을 상징하는 신물(神物)이 있어야 한다는 관점으로 본다면 제주도 신들의 거처는 옹색하기 짝이 없다. 팽나무 주변에 돌담을 쌓아두면 그게 당이 되기도 하고, 자연 동굴을 그냥 당으로 삼기도 하고, 숲속을 당이라 관념하기도 한다. 이처럼 엉뚱한 곳에 당이 있다 보니 우리 같이 상식이 없는 사람들의 눈에 당이 보일 리가 없다.

좀 더 구체적으로 말한다면 당의 위치에 따라 구릉형, 전답형, 천변형, 해변형, 수림형, 궤형으로 나눌 수 있는데, 그거야 무속 신앙 연구자들의 몫이고, 나는 이곳 사람들이 오죽 살기가 팍팍했으면 그렇게 많은 맞춤형 신들을 생각해내고 빌었을까 하는 생각이 먼저 들었다. 종교가 내세에 대한 구원에 초점이 맞춰져 있다면, 제주도의 무속 신앙은 철저하게 현세에 초점이 맞춰진 공리적 기복 신앙이라는 것이 특징이다.

내세까지 갈 것도 없다. 지금이 너무 힘들다, 지금 복 좀 주시면 어디 덧나냐고, 신들에게 투정부리는 것 같다. 그때마다 필요에 따라 신을 만들었다. 마을을 지키는 본향신은 말할 것도 없고, 집 안에도 많은 신들이 살고 있다. 안방에는 삼신, 마루에는 성주신, 부엌에는 조왕신, 변소에는 측신, 울타리에는 울담지신……. 그 수를 헤아릴 수도 없을 만큼 많지만 제주도 사람들은 용케 사안마다 맞춤신을 찾아서 복 주시라고 빈다. 없는 살림이지만 제상을 차리고 신들을 섭섭지 않게 먹이는 것이다.

이런 무속이 못마땅했을까? 1702년 제주 목사 이형상은 제주도 신당 129개소를 몽땅 파괴하고 책 《남환박물(南宦博物)》의 〈풍속조〉 편에 자랑스럽게 그 공적을 적어 놓았다.

"신당 129개소를 소각하고 (……) 길가 총림에 있는 것과 무격배의 신의와 신철 일체를 태웠다."

유교적 관점으로는 어리석기도 하고, 괴이하기도 했을 것이다. 이러한 신당 파괴는 이후에 천주교민에 의해서 이어졌고, '박통' 시절 새마을 운동의 하나인 미신 타파와 연계되면서 다시 박해를 받기도 했다.

그러한 박해에도 불구하고 여전히 존속하고 있는 것은 당이 고정적 행태의 건물이 아니기 때문이라는 생각이 들었다. 마치 밟고 뽑아도 봄이 되면 땅을 들고 일어나는 잡초처럼 어떤 것도 당이 될수 있다면, 그깟 당 파괴하려면 해보지, 하는 생각이 이곳 사람들에게 있었던 것은 아닌지 모르겠다. 저 굴속에 걸린 천들을 치워버린다 해도 당이 어디 가겠는가? 종교도 게릴라 전쟁이 가능하다는 것을 이곳 당을 보고 알았다.

무엇보다도 인간이 한없이 나약한 '종교적 동물'이기에, 오늘날에도 형태만 바뀔 뿐 문제를 신의 힘을 빌려 해결하려는 마음은 계속된다. 선거철만 되면 점집을 찾는 정치가들, 이사철만 되면 길일을 택하는 서민들, 새로 사업을 시작하려면 돼지머리를 제상에 올리고 빌어야 마음이 놓이고, 새 차를 구입하면 차 꽁무니에 북어라도 매달고 다녀야 하는 것이다. 최근 우후죽순처럼 생긴 사주 카페역시 타로 점을 보며 애정운을 확인하는 젊은이들로 장사가 되는모양이다.

이제 주거 환경이 바뀌면서 전통적 의미의 신앙공간으로서 당과그 의례인 당굿도 퇴색해가고 있다. 그 대신 오늘날에 맞게 현대화된 민속자료로 탈바꿈하고 있다. 무(巫)가 아닌 문화로서, 관광자원으로, 신앙공간이 변하고 있는 것이다. 중문에서 만난 궤당은 아직도 본래의 제 역할을 하는 제주인의 마음이 담긴 당이어서 더 살갑게 다가왔다.

존재 증명, 부재 증명

어렸을 때 유행했던 '인생은 나그네길'이라는 노래가 생각난다. 어디서 와서 어디로 가는지도 모르는데, 그러니 정도 주지 말고 미련도 남기지 말자는 것이 노랫말의 메시지였던 것으로 기억된다.

명절 끝에, 오랜만에 지난 앨범을 들추었다. 예전에는 명절을 함께 했지만 이제는 볼 수 없는 사람들이 접착 비닐 밑에 한 장의 사진으로 남아 있다. 아버지가 있고, 어머니가 있고, 누나가 있고, 형이 있고, 삼촌들이 있고, 사촌 조카들도 있다. 모두 망자들이다. 산 자보다 죽은 자들이 너무 많다. 산 자는 죽어서 화석처럼 앨범 속으로 들어갔지만, 한때는 산 자였음을 사진은 증명한다. 동시에 지금은 없다는 부재도 증명한다. 앨범 속의 사진은 존재 증명과 부재 증명을 함께 하는 셈이다. 그리고 산 자들에게는 그들에 대한 추억과 기억을 함께 불러일으킨다. 정말 어디서 왔는지도 모르고, 정처 없이 떠돌아다니며 지내다가, 아침 이슬처럼 사라지는 게 인생인 듯싶다.

나는 병역 의무를 지금의 국립현충원에서 마쳤다. 전역 당시 나의 계급은 일등병으로서 방위였다. 출신이 방위라고 하면 무엇인가 큰 결함이 있는 사람 취급을 받기 십상이다. 그러나 방위라고 모두 같은 방위는 아니다. 나는 '국립 공동묘지'를 지키는 귀신 잡는 방위였다. 하지만 밤 12시부터 새벽까지 수도 없이 걸어 다녔지만 귀신을 본 적은 없다. 귀신들도 방위 앞에는 그 모습을 드러내기를 꺼렸다고 지금도 믿고 있다. 내게 주어진 역할은 둘이었는데, 하나는 경계 근무였고, 다른 하나는 잔디를 깎는 것이었다. 당시에는 제초기가 없었던 시절이라 잔디는 낫을 이용해서 깎았다. 그 덕에 지금도 산소의 잔디를 낫으로 능숙하게 깎을 수 있다. 잔디를 깎으면서 묘비에 적힌 나이, 계급, 사망 장소들을 보면 궁금해진다. 왜 거기서, 그 젊은 나이에 죽어야 했었는지……. 본인도 모르고 죽었을 것이다. 그리고 어디로 간 것일까? 국립 현충원에서 생활하다보면 정말이지 '태어나는 것은 선후배가 있지만 죽는 것은 선후배가 없다'는 것을 실감할 때가 많다.

흰 천막을 설치하고, 땅을 파고 있는 인부들을 보면, 또 젊고 꽃다운 목숨이 떨어진 것을 알게 된다. 며칠 후면, 영현 부대가 선도하는 구슬픈 장송곡을 들을 수 있을 것이며 그 뒤로 젊은 영혼이 한 주먹 재가 되어 흙으로 돌아가는 것을 나는 또 보게 될 것이다. 이런 날은 참 마음이 아프다. 거의 내 또래의 젊은이들이 그렇게 떠나는 것이다. 죽음을 피해 갈 수 있는 사람은 없다.

타인의 죽음 보면, 그들이 산 자였을 때 어떤 죽음관을 가지고 있었는지 궁금할 때가 더러 있다. 《죽어가는 자의 고독》을 쓴 엘리

아스는 많은 죽음을 연구하면서 세 가지 태도로 일반화한다. 첫 번째가 죽는 것도 사는 것의 연장이라는 입장이다. 지옥이나 천당을 준비해둔 종교적 입장이 그것이다. 인간의 유한성에 대처하는 가장 오래된 방법이다. 두 번째는 '다 죽어도 나는 죽지 않는다'는 믿거나 말거나 식의 스스로에 대한 불멸성을 확신하면서 죽음에 대한 사고 자체를 뒤로 밀어놓은 것 같은 태도다. 현대 의학이 발달하고 평균 수명이 늘어나면서 죽음에 대한 이런 사고는 나름대로 성과가 있는 것 같다. 마지막으로 죽음에 대한 체념이다. 어차피 죽을 목숨이라면 마음 편하게 죽자는 자세다. 이것이 유한한 존재로서 인간이 죽음을 대하는 태도라면, 보내는 사람들이 죽은 자에 갖는 마음자리는 어떨 것인가?

도시에서는 죽음뿐 아니라 죽음의 흔적까지도 생활 속에 남기는 것을 꺼리고 회피한다. 무덤이나 화장터 가까운 곳에 누가 살려고 하겠는가? 혹시 우리 마을에 화장터나 공동묘지가 들어선다면 마을 사람들이 모두 들고 일어날 것은 뻔하다. 피해갈 수 없는 죽음이지만 산 자 곁의 죽음은 혐오스럽고 꺼림칙한 것이다.

그러나 외국의 경우 꼭 그러한 것만은 아닌 것 같다. 파리에 있는 몽마르트 공동묘지나 페르라세르 공동묘지, 모스크바의 노보데비치 공동묘지는 외국 관광객까지도 즐겨 들르는 관광 명소다. 당대의 유명인들이 묻혀 있는 곳을 찾아보고 한 송이 꽃을 헌화하는 것도 여행의 한 부분이다. 우리의 경우도 마포의 합정동에 있는 외국인 묘역은 산책하고 쉬기에 좋은 공원 같은 곳이다. 특히 가을날 낙엽 지는 묘역을 걷노라면 마음도 차분해지고 여러 생각들도 쉽

없이 떠오르곤 해서 나도 자주 이곳을 찾았다.

산 자와 죽은 자가 조화롭게 살 수 있는 그런 묘지를 만들 수는 없을까? 제주도는 서구의 그것처럼 다양하고 세련된 조형미는 없다. 다만 산 자와 죽은 자가 함께 사는 것이 어떻게 가능한 것인지에 대해 생각하게 하는 나름대로의 오래되고 소박한 장묘 문화가 있다. 이곳에는 마을과 그리 떨어지지 않은 곳에 마을주민이 함께 쓰는 공동묘지가 있다. 물론 마을 공동묘지이기 때문에 그 마을 사람이 아니면 묻힐 수 없다. 여하튼 산 자와 떨어진 혐오스러운 공간이기보다는 산 자와 죽은 자가 수시로 만날 수 있도록 마을 인접 지역에 공동묘지가 있다는 것이 도시와 다른 점이다.

무엇보다 특이한 것은 무덤이 들어와 앉아 있는 밭이다. 제주도 들녘 어디에서고 볼 수 있는 모습이다. 이렇게 단독으로 쓰는 무덤들은 무덤 주변에 검은 현무암으로 산담을 두른다. 간혹 시멘트 담을 두른 것을 볼 수 있는데, 이건 '짝퉁'이다. 멀리서 산담을 보면 그 조형미가 아주 독특하다. 마치 해진 옷에 천을 덧대고 꿰맨 것 같은 느낌이 든다.

자기 밭에 쓰는 무덤이야 당연히 조상 묘이겠지만, 때론 남의 밭에 허락 없이 쓰는 일도 있다. 당연히 시비가 붙어 옥신각신 하고, 산송(묘 쓰는 것에 걸린 송사)으로 시끄럽기도 하지만, 제주 전통으로는 그게 그리 큰 흠은 안 된다고 한다. 모두 죽음을 기다리는 사람이고 다 이웃사촌인데 서로의 얼굴을 봐서라도 야박하게 할 수가 없는 것이고, 그것 때문에 마을에서 인심 잃는 것도 피차에 껄끄러운 일인 것이다.

이나저나 본인이 평생 일한 밭에 묻히고, 아침저녁으로 후손들이 일하는 모습을 지켜본고 생각하면, 죽어도 죽은 것 같지 않고 보내도 보낸 것 같지 않다는 느낌이 들긴 하겠다.

조금 넉넉한 생활을 하는 사람들은 무덤을 오름에다 쓴다. 아무래도 오름까지 가려면 상여꾼들도 넉넉하게 동원해야 하고 일꾼들의 힘을 빌려야하기 때문이다. 그러니 죽어서 오름에 오르는 것은 아무나 하는 일이 아니다. 재미있는 것은 장지(葬地)의 일이 끝나면 일꾼들에게 돈 보다는 떡으로 사례를 하는 습속이다. 이 떡을 일러 '상외떡'이라 한다. 이 떡을 가지고 집으로 가서 가족들과 나누어 먹으며 죽은 자를 다시 추념했을 것이다.

제주의 무덤은 육지 무덤과 다르다. 육지 무덤의 경우 원묘(圓墓) 형태로 둥글게 만들고, 그 뒤쪽으로 묘에 물이 흘러들지 않도록 둥그스름하게 약간 높은 언덕을 두른다. 제주에서는 언덕 대신에 네모진 담장을 만드는데, 이것이 앞서 언급한 산담이다. 산은 제주말로 묘를 뜻하니, 묘를 두른 담이 산담인 셈이다. 산담에는 문을 단다. 남자 무덤인 경우는 왼쪽에, 여자 무덤인 경우는 오른쪽에 단다. 이 문을 신문(神門)이라 한다. 중국 한족(漢族)으로부터 유래되었다고 하나 정확하지는 않다. 그러나 산담을 둔 목적만은 뚜렷하다. 들판에 방목하는 마소의 출입을 막기 위한 것이다. 애써 만든 묘를 마소 보고 훼손하지 말라고 해도 알아들을 것 같지가 않은 것이다. 그러기에 봉분을 만들면 제일 먼저 할 일이 산담 두르는 일이다. 검은 산담에 제주도의 또 다른 돌문화가 보인다.

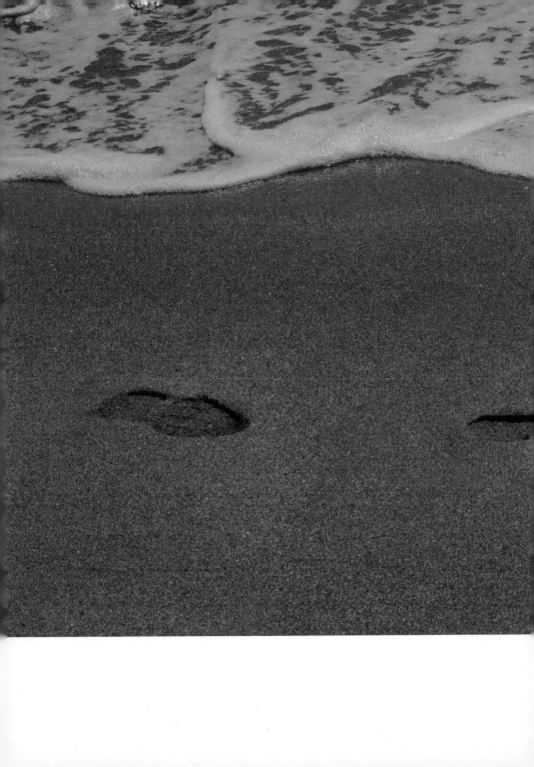

걷자, 느리지만 한 발짝 한 발짝……,
거기에 당신의 꿈이 있다

제주의 빛

이날, 하늘은 푸르고 햇살은 모처럼 오지게 푸짐했다. 온 세상에 부족함이 없이 골고루 나눠주고도 얼마큼은 남은 듯, 누군가 남은 빛만 따로 모으고 있는 것 같았다. 그리고 색 바랜 도로에 새 페인트로 줄을 긋듯이, 햇살이 하늘과 바다 사이에 흰 줄 하나를 반듯하게 긋고 있는 것을 보았다. 망설임 없는 일필휘지다.

이렇게 수평선 위에 그어진 흰 줄은 처음 보는 광경이었다. 그것은 마치 빛의 실타래가 풀려서 군청색 바다 위에 둥둥 떠 있는 듯 찬란하고 환하다. 급히 카메라를 꺼내들고 하얀 빛 줄기에 노출을 맞췄다. 이럴 경우에 하늘과 바다는 노출 부족으로, 눈으로 보는 풍경보다 어둡게 나오리라는 예감이 든다. 그러나 그 결과는 수용할 수 있다.

다음 고려 사항은 구도다. 단순한 풍경이다. 그러나 하늘과 바다의 면 분할 역할을 담당할 수평선의 자리는 중요하다. 카메라를 올렸다 내렸다 반복해본다. 움직일 때마다 하얀 수평선도 들리고 내려진다. 그리고 찰칵찰칵. 겨우 두 커트였을 뿐인데, 어느새 흰 빛 줄기는 바다에서 사라졌다. 아주 짧은 순간이었다.

→

215

저 빛이 아니었으면 이 바다가 사진을 찍어야 할 대상이 될 까닭이 없었을 것이다. '푼크툼.' 눈길을 잡고 마음에 떨림을 주는 대단히 개인적이고 극적인 요소를 '푼크툼'이라 부른다. 차라리 '이미지의 성감대'라고 말하는 것이 더 적절할지 모르겠다. 나만 느끼는 성감대가 있으면 세상이 즐겁지 않겠는가? 저 사진에 담긴 빛은 순간적으로 밝아졌다가 일상으로 돌아가는 빛이다. 지나치면 지나칠 수도 있는 빛. 그러나 저 찰나의 빛은 사라진 이후에도 나를 흥분으로 이끈다. 평범한 풍경 속에 얹힌 짧은 빛처럼 우리 일상도 가끔은 빛나는 순간이 왔으면 좋겠다.

제주도를 걸으면서 사실 그 빛을 자주 보았다. 처음 제주 공항에 도착하면서 그 첫 빛이 내게로 왔다. 시외버스 터미널까지 가기 위해 탄 버스의 운전기사가 빛의 주인공이었다. 잔돈이 없어 쩔쩔매는 내게 웃으면서 "손님, 잔돈이 없으세요? 다음에 만날 때 주세요." 그 한마디에 나는 얼마나 안도했던가? 제주의 첫 인상은 공항에서 만난 버스기사의 친절한 한마디 말에 모든 것이 결정되었다. 천 원으로 어떻게 더 이상의 행복을 맛볼 수 있을 것이냐.

제1코스 말미 오름을 걸을 때도 그랬다. 길가에 마구 자란 검불을 낫으로 정리하던 마을 아주머니들이 땀도 식힐 겸, 근처 쉼터에 앉아 수박으로 참을 대신하고 있었다. 배낭을 메고 느리게 걷는 내가 힘들어 보였을까? 여러 번 사양을 했지만, 팔목을 잡고 데리고 갔다. 그리고는 수박 한 쪽을 내가 입에 가지고 가는 것을 보고야 마음이 놓인 듯했다. 수박껍질을 내려놓기가 무섭게 새 수박을 손에 쥐여 주던 제주 여인들의 살가운 정이 오름보다 아름다운 제주도의 빛이었다.

제5코스의 넙빌레에서 만난 김수봉 님도 그런 분이었다. 중년의 남자 분이 해안가에 앉아 올레의 안내 리본을 만들고 계셨다. 아, 저런 분들 때문에 내가 길을 잃지 않고 여기까지 올 수 있었던 것이다. 그가 7코스의 속골과 법환 포구 사이 길, 아름다운 수봉로를 직접 만든 김수봉 님이었다는 것을 나중에야 알았다. 염소나 다니던 길을 삽과 곡괭이로 일구어 사람이 다닐 수 있는 길로 만든 것이 그다. 리본을 만들고 있는 그의 곁에 잠시 앉아서 걸어온 올레를 이야기했지만, 그는 '수봉로'를 만든 장본인이 자신이라는 말을 끝내 감추셨다. 이런 분들 때문에 올레를 걸으면서 행복했던 것이다.

제6코스의 이중섭 미술관을 지나면서 만난 박정석 님도 기억에 남는다. 제주는 마을마다 마을 수호신이 따로 있다. 그 마을만의 고유한 신을 모시는 곳이 본향당이다. 서귀포에서 그 본향당을 만나서 어찌나 반가웠는지. 서귀 본향당에서 모시는 당신(堂神)의 이름은 '보름 웃도'이다. 안내 표지판만 보고 무작정 본향당으로 들어섰는데 그곳에서 사라져가는 본향당을 지키는 심방 박정석 님을 만난 것이다. 이곳의 향토사학자이기도 한 그는 해박한 지식으로 당과 제주도 문화를 초면인 나에게 전수해주었다.

그러나 무엇보다도 아름다운 제주의 빛은 버스를 타고 내리면서 자주 느꼈다. 이름을 모르는 운전기사들이 하르방과 할망에게 보이는 따뜻한 말과 배려는 참 아름다운 제주의 빛이었다. 버스기사들은 이분들이 버스에 타고 자리에 앉을 때까지, 버스를 내리고 천천히 그들의 길을 걷는 것을 확인하고야 비로소 차를 출발시켰다. 도시에서는 볼 수 없는 배려. 얼마나 훈훈하던지……. 아무도 더디 움직이는 버스를 탓하는 사람이 없었다. 여기가 사람 사는 곳 같았다.

아니, 이런 빛들을 제주도에서는 많이 볼 수 있었다. 저녁 잠자리가 무료하고 적적한 것을 알기나 한 것인지, 밤참으로 부침개를 만들어 밤길에 숙소까지 찾아와주신 대평 포구 민박집 아줌마의 온기. 화순의 정자나무 그늘에서 만난 여든 된 할머니는 서울 생활이 답답하면 당신이랑 같이 살자고 그랬다. 아이들이 모두 도시로 나가고 없어 아이들이 거처했던 빈 집을 가지고 있다고.

반면에 영악스러운 사람들도 많이 보았다. 뻔히 아는 길인데도 빙빙 돌아가며 요금을 올리는 택시기사도 그렇고, 올레보다는 쉬운 관광 코스를 걷게 하거나 낚싯배 영업으로 다른 수입을 챙기는 사람들, 자기보다 어린 듯싶으면 은근히 반말을 써서 여행 기분을 망치는 게스트하우스 운영자들도 제주도의 빛을 가리는 사람들이다. 그 속내가 훤히 보인다. 그러나 이런 사례들은 적지 않겠다. 아름다운 것만 이야기해도 부족하기 때문이다.

올레 덕으로 악명 높은 바가지요금과 불친절도 사라지고 있다. 사람들은 올레를 통해서 새롭게 제주도의 속살을 보기 시작했고 다시 모여들기 시작한 것이다. 물론 제주 관광지에서 느꼈던 세련됨을 배낭을 메고 길 위에서 찾으면 안 된다. 그 대신에 허름한 음식점과 간이매점, 오고가는 시외버스에서 우연히 만나는 오리지널 제주 사람들 속에서, 잃어버렸던 마음의 고향을 한 줄기 빛으로 볼 수 있을 것이다.

빛은 스스로 자신의 존재를 드러내지 않는다. 대상의 개별적 아름다움을 드러냄으로 자신의 존재성을 귀납적으로 증명한다. 너를 통해서 나를 보여주는 에둘림. 그렇다. 우리가 눈으로 보는 빛은 입사된 빛이 아니라 반사된 빛이다. 사물들은 들어온 빛을 흡수하고 반사하면서 자신의 고유한 색을 드러낸다. 짧은 파장의 빛을 흡수하고 중파와 장파를 반사하는 사물의 표면은 노랑, 중파는 흡수하고 단파와 장파를 반사하는 표면은 노랑과 파랑의 중간이면서 보랏빛을 띤 빨간 마젠타(magenta)로 인식된다. 녹색 기미의 파랑인 시안(cyan), 그리고 흰색, 회색……

사물을 통해 반사된 빛은 무엇이 중요하고, 무엇을 취하고, 무엇을 버려야 자신의 진정성을 드러낼 수 있는지 우리에게 가르친다. 길 위에서 만난 한 사람 한 사람이 보여주는 반사광을 통해서 제주도를 보는 것이다. 잠시 나타났다가 사라지는 아름다운 제주의 또 다른 빛인 것이다.

바위섬

걸으면서 이름 없는 섬들을 여럿 보았다.
섬이라 하기엔 초라한
아무도 살 수 없는 바위섬

너와 나 사이에 놓여 있는
그리움, 외로움, 불안 같은 어떤 무용한 것.
그것 없는 삶은 얼마나 쓸쓸할 것인가

섬 하나 없는 텅 빈 바다의 외로움
세상 모두에게 그리움이 될 수는 없는 것
그 자리에 있는 것으로 경이로운
빛 속에 누운 저 황홀한 무명도

아홉 번째 길

향기 맡으며 걷다

대평 포구 - 화순항

아직 끝나지 않은 길

시간도 바쁜데 공연히 덕담을 건네고 날씨 이야기를 꺼내는 것이 아니다. 사람을 만나서 뜸을 잘 들이는 것이 좋은 인간관계의 첫 단추를 잘 끼우는 일이기 때문이다. 어떤 협상도 본론에 들어가기 전에 횡설수설과 좌충우돌 하는 시간이 꼭 필요하다. 운동도 마찬가지다. 건강과 젊음만 믿고 워밍업 없이 덤볐다가는 부상당하기 일쑤다. 섹스할 때도 전희가 없다면 고무줄 없는 팬티처럼 허전할 것이다. 결코 무시할 수 없는 기승전결의 기(起). 어떤 올레도 이 원칙을 준수한다. 창대한 끝을 꿈꾸며 미약하게 시작하는 것이다.

그런 의미에서 제9코스는 파격이다. 마치 오랫동안 준비했던 이벤트처럼 처음부터 짠 하고 거창한 풍경이 나타난다. 바로 대형 와이드스크린을 꽉 채울 것 같은 바닷가 절벽, 박수 기정이다. 저 박수 기정 뒤로 보이는 산이 산방산이다. 산방산도 제주도에서는 무림의 한 파를 이룬 지존이겠지만, 여기서는 박수 기정에게 밀린다.

올레를 나선 사람이라면, 길이 없어보여도 박수 기정 밑까지 가야 한다. 그러면 언덕으로 올라가는 숲길을 만날 것이다. 거침없이 보여주고, 거침없는 걷기를 유도하는 9코스. 계속 강공이다. 그러

225

나 이런 경우를 허장성세(虛張聲勢)라고 하나? 숲길로 걸어 들어갈수록 길이 점점 착해진다. 어쩐지 너무 세게 나왔어.

휘파람 불며 좌측으로 툭 트인 태평양을 바라보며 걷다보면 어느새 황개천 입구에 도달할 것이다. 강이 아니라 천이다. 안덕 계곡으로 내려온 물이 태평양으로 흘러든다. 사실 이제부터가 본론이다. 여기까지는 정상 정복에 앞선 숨고르기였다.

황개천 앞 소나무 숲에는 지나는 이들에게 쉬었다 가라고 권하는 하르방이 앉아 계신다. 일제 강점기부터 해방 이후까지 이곳 화순의 상황을 감칠맛 나게 이야기해주시는 올레 도우미다. 그의 이야기는 구수하고 재밌다. 나는 아예 신발 벗어놓고 들었다. 그러고는 물으신다. A 또는 B? A코스는 안덕 계곡을 향해서 계속 걷는 길이고, B코스는 황개천 다리를 건너 사실상 이 코스를 끝내는 길이다. 여기까지 걸었으면 당연히 A코스여야 한다.

안덕 계곡은 아열대 밀림이다. 깊고 험하고 모기도 많다. 특히 모기가 인상적이다. 걷다가 힘이 들어도 어디 앉아서 쉴 수가 없다. 쉬면, 바로 모기들의 사냥감이 된다. 걸으면서도 모기를 따돌리기 위해 동작을 크게 해서 바쁘게 걸어야 한다. 겨우 4킬로미터 정도의 계곡을 통과하는 데도 무척 힘들었다. 제9코스는 A코스를 택해서 화순항까지 걸으면 총 8.8킬로미터로 올레 코스 중 가장 짧다.

130미터 높이의 박수 기정을 건너서 이웃 마을인 화순으로 가는 길은 두 가지다. 하나는 바다에 발을 담그고 서 있는 박수 기정 밑 통과하기. 가장 빠르게 갈 수 있는 길이다. 그러나 통과하기 위해서는 탐탁하지 않은 문 하나를 열어야 한다. 소위 '저승 문'이다. 잘못 열면 길 가던 사람을 물귀신으로 '신분전환'하게 하는 것이 순식간이다.

두 번째 길은 멀리 산길로 돌아가는 것이다. 너무 멀어서 고생스럽기는 하지만, 일단 물귀신이 될 염려는 없다. 물론 올레에 나선 사람들은 화순 가는 것에 목숨 걸 일 없으니 당연히 돌아가는 산길을 택하게 된다. 이 길이 '몰질'이다. 예전에는 박수 기정 위의 평지에서 키우던 말들을 데리고 내려온 길이라고 해서 '말길'이라고 불렸던 길이다.

박수 기정을 앞에 두고 전해오는 이야기의 핵심은 당연히 첫 번째 길에 있을 것이다. 모두들 안전한 산길로 돌아갔다면 있으나마나 한 이야기다. 목숨을 건 누군가가 마을에 있고, 썰물에 끌려 내려가서 다시 돌아오지 못한 사람들도 생기고 그래도 또다시 '저승 문'을 여는 역사가 있었을 때 대평과 화순 사이에 떠도는 이야기가 성립되는 것이다. 도전의 역사라고나 할까?

어제 오후 늦게 대평 포구에 도착한 K도 박수 기정에 전해 내려오는 '저승 문' 이야기 한 자락을 커피숍에서 들었다고 했다. K는 얼마 전까지만 해도 모 반도체 회사의 잘나가는 사십 대 중반의 임원이었다. 그러나 회사가 기울면서 자신의 손으로 부하들을 해고하는 악역을 담당했어야 했다. 그 일을 하자 곧 닥칠 자신의 운명을 읽을 수 있었다고 그는 말했다. 예감처럼 이번에는 그가 잘린 것이다. K의 아이들은 아직 중학교와 초등학교에 다니고 있었다. 그래도 자신도 회사를 나왔으니 먼저 내보낸 부하들에게 조금은 덜 미안하다고, 흐린 목소리로 말했다.

회사를 그만두거나 하던 일을 접고 새 일을 생각할 때, 남자들은 많이 흔들리고 외롭다. K 같은 상황에서 홀로 올레를 걷노라면, 올레에서 보는 풍경이 아무리 좋다하더라도 어느덧 나를 발견하는 여행으로 옮겨감을 느끼게 된다. 자연스러운 과정이다.

스스로 만든 회사가 아니라면 어떤 높은 자리에 있었더라도 그게 아무것도 아니었다는 것을 길 위에서 비로소 알게 된다. 내가 아무리 성실히 노력해도 어찌할 수 없는 경우가 생기고, 끝내는 하던 일을 접어야 하는 것이 현실로 올 수 있다는 것도 알게 되는 것이다. 우물쭈물 하다가, 언제나 봄날인 듯싶었는데 계절이 바뀐다는 것도 알게 된다. 밥 때문에 나의 삶이 그동안 어느 누구에게인가 매여 있었다는 사실을 알게될 때는 이미 인생의 해가 중천을 지날 때다. 그러나 이때가 나의 주인을 나로 정하는 새로운 인생이 시작되는 때이기도 하다.

K형! 저기 저 박수 기정을 보세요. 나무 하나 살 수 없을 만큼 견고한 바위인데, 바위 틈새를 빌리고 나무들이 푸른 군락을 이루며 살고 있네요. 숲 속에서 보는 여타 평탄한 나무들과 다르지 않나요? 살 수 없는 곳에 뿌리를 내리며 바위를 움켜지고 사는 저 나무들은 도대체 어떤 나무들인가요? 강고한 벽을 뚫고 저처럼 푸르게 제 존재를 드러내는 나무가 더 아름답지 않은가요? 둘러 갈 수 있는 평지 길을 버리고, 왜 이곳 사람들은 기정 밑에 새 길을 내려고 도전하고 또 도전했을까요? K형! 이곳 대평 풍경은 우리에게 어떻

게 살아야 하는 것인지를 말없이 가르쳐주고 있는 것 같습니다. 기정에 뿌리를 내리는 강인한 생명처럼, 지옥의 문을 두드리고 두드려 새 길을 여는 대평 포구의 옛 사람들처럼, 우리의 운명을 새롭게 받아드려야 할 때가 온 것 같습니다. 그리고 어떻게 살아야 하는지도 알 수 있을 것 같습니다. 다시 서울에 가시면 함께 퇴사한 동료들과 힘을 합해 새롭게 창업 준비를 하신다지요? 40대 중반에 홀로서기가 얼마나 어려운지 저는 알지요. 그러나 고통과 절망도 끝이 있기에 견딜 만한 것이겠지요. 역설적으로 그것들의 다른 면은 희망이라는 생각도 듭니다. 알아도 자꾸 약해질 때, 그때마다 여기, 박수 기정 바위 틈에서 모진 바람을 맞으며 사는 사철 푸른 저 나무들을 기억하시기 바랍니다. 살다가 지칠 때 가끔씩 박수 기정 밑으로 찾아들어 차 한 잔 하는 것도 좋을 듯싶습니다. 올레 중에 잠시 만나고 헤어지는 인연일지라도, 십년지기처럼 K형의 인생을 들을 수 있었던 지난밤은 따뜻했습니다. 감사합니다.

그렇게 우리는 헤어졌다가 대평 포구의 어느 민박집에서 정말 우연히 다시 만날 수 있었다. 때마침 손님이라고는 우리 둘뿐이었던 까닭에 늦은 저녁까지 맥주를 마셨다. K는 초면임에도 불구하고 그의 삶을 진솔하게 들려주었고, 그의 살아온 인생이 어쩌면 4, 50대를 통과하는 많은 대한민국 남성들이 겪는 평균적인 삶의 모습으로 생각되어 공감이 갔다. 중심에서 벗어난 사내들, 그리고 초로의 나이에 들어선 사내들의 삶은 쓸쓸하다. 그러나 아직 삶의 여로는 끝나지 않았다. 조금 더, 조금 더 가보자.

아홉 번째 길

229

아주 오래된 시간

마치 연잎처럼 물 위에 떠 있는 땅이 제주다. 그러나 그 많은 물은 물고기들에게는 천국일지 몰라도 이곳 사람들이 마음껏 쓸 수 있는 것은 아니다. 생활용수와 식수로는 부적합하기 때문이다. 그렇다고 이곳이 강수량이 적어서 물이 부족한 것은 아니다. 모든 것은 땅 때문이다. 제주도의 땅들은 구멍이 숭숭 뚫린 돌들을 끌어안고 있는 거대한 해면다. 풍요 속에 빈곤을 느끼는 이곳 사람들의 마음이야 오죽하겠는가?

물은 지표면 아래에 넉넉히 있다. 사시사철 풍부한 수량을 보여주는 천지연 폭포나 정방 폭포만 보아도 안다. 하지만 몇몇 특정한 지역을 제외하고는 해면 같은 땅이 모든 물을 끌어안고 어지간해서는 게워내지 않는 것이 문제다. 그러니 그 땅들을 빨래 짜 듯 꼭 짤 수만 있다면 이야기가 달라질 것이다. 땅 밑에 숨은 물을 어쩌지 못하고 마른하늘에 기우제를 지내야 했으니 그 답답함을 어떻게 말로 다할 수 있겠는가. 이러다보니 하늘이 뚫리고 비라도 쏟아부어야 그제야 내와 폭포, 계곡들이 제 이름값을 한다. 하지만 그것도 잠시다. 비만 그치면 물은 흔적 없이 사라져버리고 다시 밑바닥을 훤히 드러낸 마른 내, 마른 폭포, 마른 계곡이 된다.

제주도 땅의 90퍼센트는 물이 새어나가는 구멍 뚫린 현무암이다. 바닷물처럼 사람들의 삶에 보탬이 되지 못한다. 밭에 씨를 뿌려도, 씨감자를 심어두어도 불안하다. 모두 저놈의 쓸모없는 돌 때문이다. 기름지고 찰진 흙까지는 바라지도 않는다. 찰기 없는 흙이라도 원 없이 많았으면 하는 바람이지만, 호미로 땅을 찍으면 바로 돌덩어리부터 찍히니 참 살맛이 안 나는 것이다.

그러나 이곳에서 미운 살 박힌 현무암도 육지에서는 융숭한 대접을 받고 있으니 돌 팔자도 모를 일이다. 특히 풍란을 키우는 데는 이처럼 맞춤한 돌도 없다. 풍란 몇 촉을 이 돌에 붙이고 실로 꽁꽁 묶어 두었더니 나머지는 모두 제 스스로 알아서 한다. 난 뿌리가 곰보처럼 얽은 돌을 부여잡고 있는 것이 천생연분이다. 여기에 한 바가지 물이라도 뿌려두면, 그 물이 어디로 갔는지 알 수 없게 돌 속에 스며들었다가 필요할 때마다 요긴하게 풍란 뿌리에 물을 대는 것이다. 모든 것이 제 복을 타고나고 쓰임새에 어울리게 제자리에 있으면 대접을 받을 수 있을 것 같은데, 그게 참 쉽지가 않다. 궁합이 안 맞으면 사람이냐 돌이냐 서로 마음고생이 심하다.

안덕 계곡이 계곡으로서 남세스럽지 않은 꼴을 갖출 수 있는 것도 사실은 이 돌 탓이다. 계곡이라는 이름값에 어울리려면 무엇보다도 제대로 된 물길이라도 보여주어야 하는데, 물 없는 밑바닥만 보여주고 등산화 발자국만 그곳에 어지럽게 찍어둔다면 그게 어디 계곡인가. 계곡으로서는 체면이 말이 아닌 것이다.

물이 귀한 제주도에서 사람을 끌어모을 수 있는 계곡은 그리 많지 않다. 그나마 체면을 살려주는 곳이 쇠소깍, 광령 계곡, 돈내코 계곡 정도다. 이들 계곡의 밑바닥을 이룬 돌들은 현무암이 아닌 조면암이다. 물이 땅 밑으로 스며들지 못하도록 막아주는 돌이다. 이 돌이 항아리 밑바닥처럼 바닥에 깔려 있어야 폭포도 되고 계곡에 물도 흐를 수 있는 것이다.

제주도는 120만 년 전부터 시작하여 네 번의 화산 활동으로 오늘의 꼴을 갖추게 되었다. 주봉인 한라산은 겨우 30만 년에서 10만 년 사이 3단계의 화산 폭발로 이루어진 산이다. 서쪽 송악산과 동쪽 성산 일출봉도 이때 태어났다.

화산이 터질 때마다 분출되는 용암은 조금씩 다르다. 가장 많이 발견되는 현무암은 제2단계 화산 활동기인 63만 년 전부터 주로 토해낸 돌이다. 안덕 계곡 밑바닥에 깔린 조면암은 현무암과 비교하면 할아버지다. 제주도의 초창기 멤버로 나이로 따지면 적어도 70만 년 이상 늙은 돌이다. 제주의 모든 돌들은 조면암을 형님으로 모셔야 한다. 안덕 계곡 입장에서 보면 아우 한라산이 귀엽고 기특할지도 모르겠다.

많은 물길이 한라산을 발원지로 두고 있지만, 여기 안덕 계곡만큼은 사정이 다르다. 안덕면 상천리 병악이 이 계곡의 발원지다. 계곡의 북사면으로는 군메 오름인 군산(軍山)이 보인다. 서쪽으로는 월라봉(月羅峰)이 자리 잡고 있다. 그렇구나. 누군가 아비와 어미에 해당하는 두 봉우리 사이를 급하게 절단하여 이 계곡을 만든 것이다.

계곡을 빠져나온 물은
황개천으로 모여 태평양으로 흘러든다.

안덕 계곡에 들어서기 전에 먼저 황개천을 만나야 한다. 그전에야 일면식도 없는 낯선 내이겠지만, 안덕 계곡에서 어렵게 모여든 물이 느리게 사행(蛇行)하며 황개천에 끊임없이 모여든다. 황개천은 민물과 바닷물이 몸을 섞는 조간대이고, 이 물은 다시 태평양으로 흘러 들어간다.

간혹 누런 물개가 이곳에 출몰한다고 하여 황개창이라고도 하나, 들려온 풍문일 뿐 실제 본 사람은 없는 것 같다.

이 황개천을 따라 올라가면 처음 소개하는 계곡 올레, 안덕 계곡 올레가 시작된다. 추사 김정희를 비롯하여 귀향온 선비들로부터 사랑을 담뿍 받은 계곡이다. 그들로부터 공인된 계곡이니 품질 검사는 할 필요가 없다. 사실 그렇다. 설악산이나 지리산에서 만났던 어떤 계곡과 견주어도 계곡미가 빠지지 않는다.

V자 형태의 계곡에 붉은빛 도는 돌 위로 흐르는 물이 투명하여 암반을 그대로 드러내고, 그 양쪽으로 도열한 기암괴석은 여인의 살진 가슴 같다. 포근하고 우아하게 계곡을 감싸고 있다. 무엇보다도 계곡은 역시 울울한 숲이 있어야 멋스러운데, 안덕 계곡은 햇빛을 가릴 정도로 빽빽이 우거진 상록 활엽수림이 여기에 일조하고 있는 것이다. 물과 다양한 기암괴석, 그리고 풍요로운 나무숲까지. 계곡이 갖추어야 할 모든 아름다움을 갖추면서 신비감까지 느끼게 하는 계곡이 안덕 계곡이다. 풍류를 아는 선비들이 여기를 자주 찾는 이유를 알겠다.

이 정도 풍광이라면 시 한 수, 그림 한 점은 덤으로 나올 것 같다. 그냥 지긋이 보기만 해도 계곡이 모두 알아서 영감을 주는 것이다.

알 수 없는 어떤 힘에 감응하는 것이 예술이 된다는 것을 그들은 알고 있다. 스페인의 예술가들은 그 힘을 두엔데(duende)라고 믿고 그것의 강림을 기다렸다.

안덕 계곡을 찾은 시인이나 묵객들도 알 수 없는 계곡 정령의 힘에 자신을 맡기고 싶었을 것이다. 이런 안덕 계곡을 코스에 담고 있는 9코스는 행복하다. 계곡 올레가 끝날 때쯤 계곡의 정령들이 우리에게도 시 한 수 읊조릴 수 있는 두엔데를 선물할지도 모를 일이다.

향기 높은 나무 열매

올레 안내를 맡은 가이드는 화살표와 리본이다. 파란색과 노란색이 가이드의 상징색이다. 파란색은 파란 바다, 노란색은 황금빛 귤을 뜻한다.

파란, 노란 리본들은 나뭇가지에 매달려 흔들린다. 이리로 오라고 사정없이 손짓한다. 파란 화살표는 진행 방향이 동쪽에서 서쪽으로 가는 길 위에 그려져 있다. 노란 화살표는 서쪽에서 동쪽을 향해 걷는 사람들을 위한 표시다. 역방향(逆方向)인 셈이다. 올레꾼들 사이에서는 '역 올레'라고 부른다. 7코스를 지나면서 역 올레 하는 사람들을 자주 만날 수 있었다. 노란 화살표가 그려진 곳에는 꼭 파란 화살표가 함께 그려져 있다. 그러나 아직은 노란 화살표가 많이 그려 있지는 않다. 그래서 역으로 걸으면 길을 잃을 가능성이 많다. 올레지기에게 전화로 길을 묻는 사람들도 거의 역 올레꾼이다. 전화하면 핀잔듣기 딱 좋다.

"똑바로도 못가면서 거꾸로는 왜?"

역 올레를 하려면 우선 전 코스를 걸어보고 했으면 좋겠다. 역 올레를 하는 까닭은 한 번 걸었던 길이지만 거꾸로 걸으면 전망이 전혀 다른 느낌으로 다가오기 때문이 아닐까? 뭐랄까, 위에서 아래를 내려다보거나 어린아이처럼 가랑이 사이로 하늘 쳐다보는 느낌?

어쨌거나 고생을 줄이기 위해서라도 좀 참았다가 화살표 정비가 끝나면, 그때 역 올레에 도전해보는 것이 순리일 것 같다. 모든 코스를 걷고 난 올레꾼에게 묻고 싶은 것은 단 하나다.

"그래서, 그 긴 시간 동안 뭐를 보시고 오셨는데요?"

뭐라 답할지 참 궁금하다. 나도 나에게 이 질문을 던지자 우물쭈물한다. 나라면 이렇게 정리하고 싶다.

"바다와 감귤 밭."

생각해보니, 이 두 가지가 내가 본 것의 전부였다. 그럼 나머지는 뭐지? 뭐랄까? 피자 위에 얹은 갖가지 토핑? 혹은 밥과 국에 따라 나오는 반찬? 아마 그럴 것이다. 결국 올레는 위의 두 단어로 간단하게 정리된다. 그래서 노란, 파란 화살표와 리본은 올레에 대한 나의 콘셉트와 정확하게 일치한다.

그러니 올레에 대한 에세이를 쓸 때, 귤에 대한 것을 하나쯤 쓰는 것은 올레길에 대한 예의고 제주도에 대한 예의일 것이다.

7-1코스에서 겪은 일이다. 눈앞에 보여야 할 화살표가 사라졌다. 이런 일은 자주 겪는다. 이때 요령은 안 보이는 순간 거기서 멈춰야 한다는 것이다. 걷는 것보다 화살표 찾는 일이 우선이다. 현지인에게 물어보는 것은 대단히 위험하다. 다 맞고 다 틀린다. 그

들이야 아는 길이니 이 길로 가든 저 길로 가든 하등 문제가 안 된다. 하지만 초행길의 여행자에게 충실한 가이드가 없어졌다는 사실은 큰 불안감으로 다가온다.

길도 잃어버리고 지치기도 해서 마을에 있는 새마을금고로 들어갔다. 고객을 위해 비치된 정수기 물을 몇 컵 들이키고 앉아 쉬면서 그곳 직원들에게 길을 물었다. 역시나 처방이 제각각이다. 그때 한 고객이 다가와 올레 중이냐 물으며 귤 두 개를 손에 쥐어주었다. 제주도에 살지만 주말마다 올레를 한다고 했다.

아침을 거른 탓인지 이때 먹은 귤은 이 세상에서 먹은 귤 중 가장 맛있는 귤이었다. 특유의 신맛이 싫어서 즐겨하지 않았는데, 이렇게 맛있는 과일이 있다는 것에 탄성이 절로 나왔다. 신맛을 전혀 느낄 수 없는 달콤한 맛과 향이 입안에 가득 고여 왔다. 그런데 그분 하시는 말씀이 "얼마나 귤이 지천인지 울담에 버리고 간 귤 몇 개를 주워왔다"고 했다.

하긴 1973년의 오래된 자료이기는 하지만 감귤 농가가 전체 농가의 91퍼센트이었으니 제주 사람들이야 남의 감귤에 욕심낼 까닭이 없다. 그래서인지 닭서리, 수박서리는 들어 보았어도 감귤서리는 들어본 적이 없다. 도둑들도 귤 욕심은 안내는 곳이 제주도다.

비행기나 오름에서 내려다보면 제주도는 거의 숲 속에 들어앉아 있는 느낌이다. 없는 살림에 저리도 나무를 많이 심었나 탄복할 따름이다. 그러나 중산간 지대를 걷다보면 그게 모두 감귤나무이거나 그것을 보호할 바람막이 나무인 삼나무라는 것을 알면 또 놀란다.

육지에서는 나무를 심고 가꾸는 일에 국가가 나서야 하고 하급

아홉 번째 길

241

관청까지 뛰어들어야 그나마 녹지를 넓힐 수 있을 게다. 모두 공적(公的)인 일인 것이다. 그러나 이곳에 끝없이 펼쳐진 초록 감귤밭을 보면서, 만일 나라에서 귤나무를 심으라고 어땠을까 하는 의문이 들었다.

감귤이 귀하다보니 제주도에서 조정에 세공하는 품목에 이것이 빠졌을 리가 없다. 《고려사세가》에 따르면 1052년, "탐라에서 세공하는 귤의 수량을 일백 포로 개정 결정한다"고 쓰여 있으니 이미 그 이전부터 세공한 것은 분명한 것이고, 이를 위해 나라에서 감귤 농사를 독려하고 강요했던 것이다.

얼마나 감귤이 필요했으면 귤 농사를 지으면 노비도 풀려날 수가 있었을까? 《대전회통》에 따르면, 노비로 있던 사람들도 당감자(唐柑子)와 당유자 각 8주, 유감 20주, 동정귤 10주를 심으면 풀어주었던 것이다. 그뿐 아니다. 그래도 세공 물량을 못 채우자, 귤이 열매를 맺으면 관가에서 수량을 확인하고 수확기에 그만큼 내놓으라고 윽박질렀다니 이건 '조폭' 수준이었다. 대체 해충과 바람에 떨어진 귤을 어디서 벌충할 것인가? 얼마나 귤나무가 미웠으면 사람들은 부러 더운물을 끼얹어 나무를 말라 죽였을까? 그런 까닭에 고종 이후로 귤 농사는 점점 황폐화되어 갔다.

제주도가 귤 농사로 다시 성할 수 있었던 것은 한 마디로 돈이 되기 때문이었다. 밀감나무 한 그루만 가지고 있으면 자식 하나는 너끈히 대학까지 보낼 수 있는데, 왜 그냥 있겠는가? 제주가 감귤나무로 푸르른 것은 정부가 무얼 해서가 아니다. 제주도 사람 한 사람 한 사람이 잘 살아보려고 감귤나무를 심은 덕에 제주 땅이 저리도 융단 같은 초록 벨트를 만든 것이다. 바람과 햇빛, 그리고 자신의 땀으로 가장 정직하게 돈을 번 것이다.

안덕 계곡을 내려오니 다시 감귤밭이다. 황금빛을 발하기까지는 좀 더 많은 햇살과 바람이 필요할 것이다. 농부의 땀방울도 필요할 것이다. 하지만 저 귤이 제주도의 얼굴이다. 맑은 공기 속에 은은한 제주의 향기를 풍기는 제주도의 감귤. 일본 사람들은 "항상 있는 향기 높은 나무 열매"라는 최고의 찬사를 보낸 진과(珍果)가 아니었든가? 매년 가을이 되면 흰 꽃 피고, 황금빛 껍질에 싸인 감귤이 화순항 근처까지 가득하다.

열 번째 길

행복을 생각하며 걷다

화순항 – 모슬포항

행복 나누기

화순 해수욕장 모래는 보드랍다. 해변에 비스듬히 내리꽂히는 아침 햇살을 받으며 맨발로 걸어봤다. 보드라운 모래밭이 발바닥을 간질이자 온몸이 자리자리하다. 10코스는 이 간지럼으로부터 시작하자.

산 두 개를 지나야 한다. 산방산과 송악산이다. 어떻게 하루에 산 두 개를? 겁먹을 필요 없다. 한라산이 들으면 섭섭할지도 모르겠으나, 여기 산은 산도 아니다. 오름, 봉, 산 모두 그게 그거다. 그 차이가 궁금한데 시원하게 긁어주는 사람을 아직 못 만났다.

마치 종처럼 생긴 산방산 발등에서 볼 것은, 하나는 풍경이고 하니는 역사다. 기기묘묘한 용미리 해인과 네덜란드 사람 헨드릭 하멜이 타고 온 상선 스페르웨르(Sperwer) 호. 여기에 또 하나의 네덜란드 사람 거스 히딩크가 허공에 어퍼컷을 매기는 조형물이 함께 서 있다.

송악산까지 걷는 동안 좌측 바다에 떠 있는 형제섬이 단조로운 풍경의 심심함을 위로한다. 이 바위섬을 좌우에 두고 가운데 조그만 바위섬이 또 있는데, 이게 엄마섬이다.

모슬포항을 지나면 만나는 송악산은 상처가 많은 산이다. 해안가의 많은 동굴들이 상처의 흔적으로, 일본 군인들이 진지로 쓰려고 파놓은 인공 동굴이다.

하모 해수욕장에서 10코스는 끝난다. 산방산에서 송악산까지가 이 코스의 핵심이다. 모두 14킬로미터의 해안길과 산길을 걷는 올레다.

제주도를 걸으면서 "행복합니다"라는 말을 가장 많이 들었다. "왜요?" 하고 물어보면 한결 같은 대답은 "그냥"이다. 행복은 이유가 있는 것이 아니다. '그냥' 행복한 것이다.

나는 행복의 원리를 제주도의 말과 소를 방목하는 현장에서 새롭게 발견할 수 있었다. 스스로 베풀면 행복이 오래간다는 원리를 말이다.

농번기를 지나면 소들도 농한기에 든다. 그렇다고 소에게 꼴을 안 먹일 수는 없다. 소를 끌고 풀밭으로 나서야 한다. 육지의 농가에서는 당연히 일이었다. 대체로 학교 갔다 돌아온 아이들의 몫이 있다. 소 몰고 가는 아이들. 그림이나 사진에 자주 등징하는 소재 중 하나 아닌가. 그렇다고 매일 하기엔 힘든 일. 그래서 이곳 사람들이 생각해낸 것이 이웃끼리 소를 공동으로 돌보는 것이었다. 마을 남자들이 당번을 정해서 목양지에 하루 종일 소를 내어놓고 먹이는 것이다. 이것이 '번쉐'라는 제도로 독특한 마을 공동체 의식이다. 집단적 노동이 필요할 때 서로 일을 돕는 제주 여성들의 '수눌음'과 비교할 만하다.

'번'은 순번을 가리키며, '쉐'는 소의 제주도 방언이다. 당번을 맡은 사람이 아침 일찍 언덕 위에 올라가 "쉐나 맙서" 하고 외치면 집집마다 매인 외양간의 소를 풀어 데리고 나오는 것이다. 당번은 마을의 소를 들판에 풀어놓고 물도 먹이고 풀도 뜯게 하며 하루를 소들과 함께 보낸다. 어둑해진 후 다시 소를 몰고 돌아와 "쉐 맵서!" 하고 외치면 각자 자기네 소를 찾아다가 외양간에 다시 매어 두는 것이다.

마을 공동체 활동인 '번쉐'는 고려시대부터 제주도에만 있었던 소와 말을 키우고 새끼를 내는 직업인 '태우리'와 함께 제주도만의 신기한 습속이다. 대접도 못 받고 수입도 하찮은 '태우리'는 조선시대 후반부터 수가 줄어 사라졌지만, 서로가 봉사하는 '번쉐'만 살아남았다. 무보수로 소를 돌보아 주는 사람이 얼마나 고맙겠는가? 마치 친정 엄마에게 아이를 맡긴 딸의 심정이 이와 같지 않을까 싶다.

어니스트 헤밍웨이 소설 《노인과 바다》의 끝은, 85일 만에 잡은 고기를 상어가 다 뜯어먹어 결국 노인은 머리와 뼈만 남은 고기를 가지고 항구로 돌아온다는 이야기다. 그래도 그 노인 행복했을 것 같다. 왜? 돈보다는 고기 잡는 일에 가치를 두었기 때문이다. 곧은 낚시를 하는 사람은 잡은 고기도 다시 물로 보낸다던가?

'번쉐'를 하는 광경을 찍었다. 아마 저 사람 때문에 마을 사람들은 소에 대한 걱정을 내려놓을 수 있었을 것이다. 서로 돕고 의지하면서 사는 것이 삶이리라.

오늘 내가
그대들을 행복하게 하렵니다.

도그마는 마그마다

제주도의 밭을 둘러싼 잣담은 얼기설기 쌓은 돌담이다. 거무튀튀한 다공질의 현무암도 얽은데, 쌓은 담도 질서라곤 없다. 아긋아긋 벌어진 돌 틈 사이로 이쪽과 저쪽 세상이 훤히 보인다. 정성 드려 쌓은 돌담이라기보다는 마구 쌓아올린 돌무더기 같다. 어린아이라도 밀면 와르르 무너질 것 같은 잣담.

그러나 이걸 허투루 보면 안 된다. 누대의 지혜가 집약된 담으로, 축조가 쉽고 제 할 일은 놓치지 않고 하는 담이다. 밭에 우마가 침범해도 안 되고, 바람이 밭의 화산토를 실어가게 해서도 안 된다. 그러나 바람 구멍까지 막아 버린다면, 사나운 바람이 돌담인들 그냥 놔두지는 않을 것이다. 저 빈틈 많은 돌담 때문에 모진 바람도 순해져서 밭에 묻어둔 생명을 함부로 할퀴지 못하는 것이다. 돌 틈은 소통을 위한 최소한의 안전장치인 셈이다. 나의 빈 곳이 상대에게는 경계를 풀 수 있는 근거가 되는 것이다. 너에게 가기 위한 소통의 창으로서 비움은 그래서 중요하다. 이런 비워둠이 얼마나 중요한지를 보여주는 예가 있다.

산방산 발등을 적시는 해안가에 낯선 배 하나가 정박해 있다. 스페르웨르(sperwer)라는 네덜란드 상선이다. 1653년(효종 4년) 8월 16일 아침 제주도 남서쪽 대정현에서 파선된 상태로 발견된 배다. 대만에서 출발하여 일본으로 가던 중 태풍을 만나 제주도로 떠밀려 왔다. 스물여덟 명이 바다에서 죽고, 제주 해변으로 밀려와 살아남은 자는 서른여섯 명이었다.

그런데 어려움을 당해 처마 밑으로 들어온 날개 꺾인 새들에 대한 조선의 조치는 무지렁이보다도 졸렬하였다. 겨우 서른여섯 명의 표류자들에게 일이천의 병력이 접근하여 한 일이란 먼저 이마를 땅바닥에 대고 문질러 관원에 대한 예를 표하는 것이었다니. 그리고 다 죽어가는 사람들의 목에 쇠사슬을 씌어 굴비처럼 한 줄로 엮어 놓았다니. 무엇이 그렇게 두려웠던 것일까?

이들은 14년간 조선에 억류되어 고된 노역과 서커스의 짐승 같은 구경거리가 되어 사람 이하의 대접을 받았다. 결국 견디다 못한 일곱 명이 1666년(현종 7년) 나가사키로 탈출하여 이 사실이 알려졌다. 1667년 석방교섭으로 나머지 선원들이 풀려나 1668년 네덜란드로 귀국했다. 이때 돌아간 선원 중 한명인 핸드리 하멜(Hendrik Hamel)이 쓴 책이 《난선제주도난파기》로, 우리에게 《하멜 표류기》로 알려진 책이다.

하멜이 살았던 시대는 세계사적으로 대항해시대에 해당한다. 15세기에서 17세기 초까지 새로운 땅을 찾아 유럽의 배들이 지구를 헤매던 때다. 새 땅을 찾고 무역을 하자고 윽박지르던 무렵이었다. 자신이 발견한 신대륙이 죽을 때까지 인도라고 믿었던 콜럼버스. 그리고 세계 일주에 성공한 마젤란까지. 유럽의 배들은 뛰어난 항해술과 배를 만드는 조선술, 우월한 화력, 지도 등을 앞세우고 대양을 누볐다. 아프리카 사람을 노예로 팔아먹고, 식민지 지배권을 획득하기에 혈안이 됐다.

몽매한 나라들은 너무도 쉽게 이들의 먹이가 되고 착취의 대상이 되었으나, 영악한 나라들은 이들을 활용해서 근대로 가는 디딤돌의 기회로 삼기도 했다. 일본의 경우가 후자인 경우로서 그들은 에도시대에 나가사키에 네덜란드인들이 상주할 수 있는 장소를 제공하고 무역을 시작한 것이다. 쇄국과 개방의 양다리 정책으로 이들의 탐욕을 피해간 것이다. 그리고 이들로부터 서양 세계에 대한 정보를 수집했다. 나를 열고, 그들에게 실리를 주고, 그들로부터 새로운 기술을 얻었다.

그것은 마치 막혀 있지만 소통을 위해서 일부러 틈을 보이는 제주도의 잣담과 같은 역할을 한 것이다. 나와 다르게 생겼다고 목에 쇠줄을 묶고, 구경거리를 만드는 당시 조선의 반응과 사뭇 다른 것이다. 조선의 태도는 돌 틈 사이에 난 구멍이란 구멍은 바람 한 점 들어오지 못하게 콘크리트로 모두 틀어막은 깃이었다.

중국의 중화(中華)에 대하여 소화(小華)임을 자처했던 조선. 주자학이라는 도그마(독단)가 마치 제주도의 마그마처럼 굳었던 시대이기도 하다. 중국과 조선이 아닌 모든 나라는 오랑캐고 야만족이니, 상종도 할 수 없다는 이 이념은 조선이 망하는 그날까지 초지일관 밀어붙인 불변의 이데올로기였다.

이러한 소통 거부가 정보 부재로 이어지면서 근대화의 발목을 잡고 이 땅을 일본에 내주는 민족의 불행으로 이어지는 먼 빌미를 산방산 밑에 정박 중인 스페르웨르 호와 하멜의 동상을 보고 느꼈다. 그것은 단순히 네덜란드 배가 태풍으로 배가 난파하여 제주도에 밀려왔다는 것을 설명하는 그 이상의 무엇이었다.

콘크리트로 모든 돌담의 빈틈을 막아버리면 강한 바람에 돌담 모두가 한꺼번에 무너질 수 있다. 국가나 개인이나 하나의 도그마에 갇히면 대책이 없다. 그리고 이곳에 우리가 왜 소통을 해야 하는지를 보여주는 서양 배 한척이 사람들을 맞으며 정박해 있다.

봐라! 낯선 또 한명의 네덜란드 사람 거스 히딩크가 월드컵 4강 신화를 이루지 않았는가? 그 사람 지금, 산방산 밑에서 승리의 어퍼컷을 허공에 매기고 있는 것이다.

비움의 미학

이날, 바람은 많이 불고 모슬포에는 미처 물길을 떠나지 못하는 마라도 행 유람선이 닻을 내리고 있었다. 배는 마치 어깨춤을 추는 듯 물결 따라 흔들리며 한가로워 보였지만, 바다에서 부는 바람을 가슴에 안고 송악산에서 내려오는 사람들의 발걸음은 몹시 위태로웠다. 몸은 이리저리 기울고, 디딘 발은 자꾸 미끄러졌다.

그래도 송악산을 올라가야 하는 것은 모두 저 원수 같은 풍경 때문이다. 어제, 배 멀미로 토악질까지 하고 마라도를 다녀온 대구 아줌마가 바람 속에 서 있는 것도 저 풍경 때문이다.

남제주의 동쪽 끝에는 성산이 돌올하게 솟아 아름다움을 뽐낸다면, 서쪽 끝은 송악산이 ㄱ 몫을 난난히 해낸다. 그렇다고 이 산이 악 하는 소리가 날 만큼 아름다운 것은 아니다. 해발 180미터의 야트막한 산으로 한걸음에 정상까지 밟을 수 있고, 사실 뭐 볼 것은 딱히 없다. 지리산처럼 산이 산을 물고, 산 너머 산이 있는 것도 아니다. 설악산처럼 계곡과 폭포, 소와 울울한 나무, 돌들이 제각기 미의 경연을 벌리는 것도 아니다. 청량한 산의 기운을 느낄 수 있는 것이 아무것도 없다. 아니, 엉뚱하게 산에서 소금 냄새, 비릿한 바다 냄새를 맡을 수 있는 산이다.

검붉은 흙가슴살을 드러내는 산 능선에는 며칠 면도를 못하고 엉성하게 자란 턱수염처럼 키 작은 나무들만이 듬성듬성 꽂혀 있다. 마치 지난 식목일에 심어둔 나무들 같다.

그러니 산은 산이지만, 산다운 산이 될 수 없는 비산(非山)이 송악산이다. 송악산은 우리가 산에서 기대하는 것, 보고 느끼고 싶은 모든 것을 배반함으로 자신의 존재감을 드러내는 산이다.

모든 산은 히말라야의 높은 산들처럼 자신을 올려다보도록 사람들에게 은근히 요구한다. 자연히 한라산이나 설악산처럼 큰 키를 자랑하고, 지리산처럼 푸짐한 몸뚱이를 뽐내기도 한다. 모두들 높고 가득 채움을 산의 미로 자랑하고 싶은 것이다. 그러나 180미터짜리 봉우리 하나를 달랑 둔 송악산으로서는 그럴 처지가 못 된다. 그것을 기대하고 이 산에 오른다면 실망할 것이 자명하다.

송악산이 멋스러운 것은 모든 산들이 욕망하는 미학적 허세를 모두 버렸기 때문이다. 정상에 서면 발밑으로 텅 빈 구덩이를 보게 된다. 움푹 파인 정상은 정상에 대한 개념을 일순에 사라지게 한다. 마치 포클레인으로 땅을 파다가 중단된 건설현장 같다. 붉은 흙이 아직도 경사면을 따라 부슬부슬 흘러내린다.

그런데 알아보니 일이 중단된 것이 엊그제가 아니다. 물경 30만 년에서 10만 년 사이로 시간을 거슬러 올라가야 한다. 제주도는 120만 년 동안 네 번의 대공사(화산 활동) 끝에 겨우 오늘의 모습을 갖추게 되었다. 자연은 사람들처럼 조급증을 내지 않는다. 아무도 보아주지 않아도 태산을 옮기듯 아주 느리게 제 할 일을 한다. 긴 세월 속에서 조금씩 빚어진 제주도를 만든 자연의 손길은 시간의 개념 자체를 무력화시킨다. 30만 년에서 20만 년을 마치 하루나 일 년처럼 이야기하고 있는 것이다. 아니 인간의 지혜는 여기까지여서 과거를 더 미분하여, 송악산이 불을 토하는 어느 시점을 말할 수는 없다. 영겁(永劫)의 시간에서 하루나 10만 년의 차이를 논할 수는 없는 것이다. 모두가 찰나다.

이 무렵에 태어난 산들이 한라산, 성산, 송악산들이다. 앞서거니 뒤서거니 태어난 산들로, 시쳇말로 서로 막 트고 지내도 될 만한 산들이다. 한라산이 마치 제주도의 어미 산 행세를 하고 있지만, 알고 보면 저나 나나 모두 도토리 키 재기인 것이다. 세 산 모두 정상에 서면 움푹 파인 분화구를 내려다봐야 하는 모습도 같다.

송악산 분화구에 대해서 조금 더 생각을 밀고 가보자. 겨우 180미터 높이의 산이 80미터 깊이의 분화구를 가지고 있는 것이다. 그나마 백록담처럼 물을 가두지도 못하고, 성산 분화구처럼 푸른 초장을 가지고 있지도 못하다. 경사면에 듬성듬성 심어진 키 작은 나무들만 붉은 속살 드러난 몸을 겨우겨우 가리고 있을 뿐이다. 그러니 이 분화구 역시 우리가 기대하는 아름다움과는 거리가 멀다. 실제로 송악산에 오른 사람들은 송악산 분화구에 눈길 한번 주는 것으로 예를 갖춘다. 그리고 서서 바라보는 방향은 바다다.

그때서야 이 산의 가치를 깨닫기 시작했다. 산이 제 모습을 자랑하지 않음은 순전히 저 바다 때문이다. 나무들의 키 작음도 저 바다를 가리지 않으려는 산의 마음이다. 머리를 모두 깎고, 가슴 속마저 모두 비워낸 송악산은 구도자의 모습 그대로다. 나를 감추고 너(바다)를 드러내는 산이 송악산이다. 참으로 그 마음 씀씀이가 곱지 않은가? 나를 세우려고 권모술수로 하루하루를 보내는 세상의 사람들을 한없이 부끄럽게 만드는 산이 송악산이다.

송악산에 서서 보니, 멀리 해무 속에 우련하게 가파도와 마라도가 드러난다. 그리고 형제섬은 송악산 턱 밑에 있다. 좌우 형제 틈에 끼어 있어 보일 듯 말 듯한 섬이 엄마섬이다. 남편을 먼저 떠나보내고 홀로 남은 엄마섬은 아주 작다. 10코스를 걸으면서 계속 볼 수 있는 섬이 형제섬이지만, 보는 각도에 따라 엄마섬은 형제섬에 가려 보이기도 하고 안보이기도 한다. 그래도 엄마섬은 불평이 없다. 두 형제가 엄마의 잘 익은 과실이기 때문이다. 그것으로 족하다.

그러나 엄마의 마음은 한편으로 불편하다. 두 아들 중 누가 더 예쁠까? 열 손가락 깨물어 안 아픈 손가락이 어디 있겠는가? 장남은 장남이니 듬직해서 예쁘고, 막내는 나 죽으면 누가 돌보아 줄 사람이 없을 것 같아 안쓰러워 예쁘다. 이게 모든 엄마들의 마음일 것이다. 문제가 생겼다. 형에게 꾸어간 돈을 동생이 갚을 길이 막막해진 것이다. 동생은 궁색한 변명으로 형의 비위를 맞추며 차일피일 시간을 보내고 있다. 그것을 바라보는 엄마의 마음은 파랑이인다. 그깟 돈은 잊어버리고 형제간에 우애라도 돈독했으면 좋겠는데, 그게 어미 맘 같지는 않은 모양이다. 내 뱃속에 나온 것들도 돈 때문에 티격태격 인데, 남이야 말해 무엇 하랴. 어미는 한숨지으며 혼잣말로 쓸쓸히 말한다.

"그까짓 거, 가파도 마라도 무슨 상관이람!"

이 말이 씨가 되어 송악산 앞바다에 가파도와 마라도가 태어났다. 설문대할망의 작품인지 아닌지는 모르겠다. 어쨌든 가파도와 마라도가 생긴 이후로 이 마을에서는 돈을 꾸기가 어려워진 것은 사실이다. 꾸어간 사람이 한 마디 할까봐 은근히 겁이 나기 때문이다.

"그까짓 것, 가파도 마라도 무슨 상관이람!"

돈 꿔준 사람이 머쓱해지기 십상이다. 그렇구나. 송악산이나 엄마 섬이나 세상 사는 이치를 배반하자고 고집 피우고 있는 것 같다.

사람들은 비움의 미학을 보여주는 송악산의 한 허리를 밟고 서서 물질보다도 사랑이, 나보다 네가 먼저라는 이타심을 배우고 있다.

바다와 말

조랑말 말굽 밑에 가을 밟히고
회백색 꽃 피워대는 억새.

실비 젖은 바다가 부풀어 올라
송악산 가을빛을 엿보는 오후

억새는 억새끼리
물은 물끼리
약한 것, 가녀린 것, 하찮은 것들은
서로 어깨를 걸어야 아름다움이 된다.

상처 속을 걷다

왜 제주인가

지도를 펴놓고 보면 출발 지점이 하모 해수욕장이다. 출발 지점에 올레 안내소가 있다. 혹시 생태학교에서 11코스를 끝낼 계획이면 여기에 배낭을 맡겨도 좋다. 도착할 무렵이면 생태학교 촌장이 이미 옮겨놓았을 것이다. 나는 여기에 짐을 맡기고 빈 몸으로 걸었다. 물론 카메라는 챙겼다.

길은 바로 오름과 마을로 이어진다. 지금은 콩밭으로 덮인 알뜨르(아래 있는 넓은 뜰) 비행장의 흔적을 볼 수 있다. 태평양 전쟁 끝 무렵에 일본이 만든 비행장이다. 소형 비행기 한 대가 겨우 들어갈 만한 전투기 격납고가 들판 여기저기 보인다. 이어서 나타난 곳은 섯알 오름. 한국전쟁 발발 직후, 제주도 서부지역 예비검속자 210명을 집단 학살한 현장이다.

모슬봉은 공동묘지였다. 억새밭 속에 수많은 죽음이 모여 있었다. 잠시 억새 사이에 앉았다. 바람에 흔들리는 흰 억새꽃 사이로 먼 바다가 보인다. 마치 게딱지 같은 집들이 옹기종기 모여 있는 남서부 일대가 손에 잡힐 듯 가깝다.

정약용의 딸이자 황사영 백서사건으로 순교한 황사영의 아내 정난주 묘소도 들렀다. 유배의 땅이 지금은 천주교의 성지가 됐다. 한 사람이 기도 중이다. 쪽빛 하늘이 시리다. 벤치에 누워 버렸다. 여기까지 12.2킬로미터. 계속 죽음을 보며 걸었다. 제국주의에 희생된 죽음, 이데올로기에 희생된 죽음, 종교적 신념으로 택한 죽음……. 아마 이 코스의 끝자락에서 만나는 곶자왈이 없었으면, 이 길은 많이 슬펐을 것이다. 이런 곳이 있다니! 곶자왈은 한마디로 명품 숲이다.

무릉2리에 있는 생태학교까지 20.2킬로미터. 조금 버거울 만큼 긴 올레다. 다리가 뻐근하다.

내가 싫어하는 스포츠는 레슬링, 권투, 격투기 같은 싸움이 볼거리가 되는 운동이다. 마치 로마시대의 원형 경기장에서 목숨을 걸고 싸우는 검투사들이 연상된다. 상대를 죽여야 내가 사는 그 무시무시하고 처절한 싸움들. 황제의 엄지손가락이 밑으로 향하기를 열망하며 외치는 로마 시민들의 피에 굶주린 함성이 싸움을 볼거리로 하는 운동에 모두 들어 있다.

상대적으로 관심 있게 보는 TV 프로그램은 동물이 등장하는 것이다. 특히 사자나 호랑이 같은 맹수들을 합사하여 놓고 관찰하는 프로그램을 보는 것은 흥미롭다. 관심은 뻔하다. 서로 죽일 것인가? 아니면 타협하고 살 것인가. 서로가 처음에는 긴장하는 것이 역력하다. 끝내 한바탕 싸움이 일어나기도 하지만 어느 한쪽을 죽이고 끝내는 경우는 없다. 대개 적당한 선에서 타협하는 것으로 싸움은 끝난다.

동물들은 같은 종끼리는 서로 해치거나 죽이는 경우가 없다. 다른 종을 공격할 때도, 나름대로 원칙이 있는 것 같다. 우선 배고플 때다. 풀밭에서 한가로이 게으름을 피우는 사자들도 배고파야 사냥에 나선다. 그리고 한 끼 식사 이상을 사냥하지 않는다. 다음으로는 자신이 위험에 처했다고 판단될 때 싸운다. 이것이 자연의 세계다.

그런데 사람들은 다른 것 같다. 배고파서 사람을 죽이고 해코지하는 경우는 드물다. 대부분이 과잉 탐욕 때문이다. 때로는 그냥 죽인다. 생각이 달라서 죽이기도 하고, 순간적인 분을 참지 못해서 죽이기도 한다. 무엇보다도 사람이 동물과 다른 점은 한꺼번에 많은 사람을 죽일 궁리를 끊임없이 한다는 것이다. 군비 증강, 신무기 개발 등이 대량 살상을 위한 준비다.

특히 지난 세기는 많은 사람이 많은 사람을 죽였다. 참으로 이해할 수 없다. 인간의 양심과 이성이 신성보다도 중요하다고 믿었던 때가 아니었던가? 아주 합리적으로 이성을 도구로 쓸 수 있다고 믿었던 세기였기에 인간이 인간을 그렇게 한꺼번에 죽일 수 있다는 것이 믿어지지 않는다. 이성 속에는 피에 굶주린 야만이 야누스의 얼굴로 숨어 있는 것이다.

독일의 정치이론가 한나 아렌트는 아예 20세기를 "무서운 세기 또는 폭력적인 세기"라고 규정한다. 두 차례의 세계대전을 겪고, 아우슈비츠에서 400만 명을 죽이고, 산 사람을 마루타로 삼아 생체 실험을 하고, 캄보디아에서는 이념이 다르다고 200만 명의 자국민을 무차별 학살하는 어처구니없는 일들이 벌어진 것도 합리적

이성을 자랑하는 사람들이었다.

원인은 너무 명확하다. 삶의 다양함을 인정할 수 없기 때문이다. 나는 늘 옳고 너는 늘 틀린 것이고, 극소수의 우리는 항상 옳고 대부분의 너희는 오류인 것이다. 전체주의는 이러한 신념으로 권력을 사용하고, 그들의 이상을 실현하기 위한 방법으로 전쟁을 선택하는 것이다. 사람을 죽이는 것 자체가 전체주의자들에게는 아주 중요한 정치행위였던 것이다. 나를 지지하지 않은 너는 나의 적. 우리 패거리가 아니면 너희 모두는 죽어도 되는 무가치한 것이다. 심지어 이 폭력은 성스러움으로 위장되기도 한다. 그들에게 전쟁은 가장 화려한 수사(修辭)다.

태평양 전쟁 말기에 일본과 미국이 최종 한 판을 제주도에서 하겠다고 준비한 것은 역사의 아이러니다. 일본은 그 일합을 준비하고자 모든 힘을 제주도에 쏟았다. 일본과 만주로부터 온 무려 7만 명의 대규모 병력이 이곳에 집결한 것이다.

왜 제주도였을까? 그들은 미국이 제주도를 찍고 본토로 간다고 생각했던 것이다. 그러니 제주도에서 미국을 막으면 본토는 안전하다고 판단한 것이다. 제주도에서 모두 죽자, 이것이 일본의 마지막 비장의 카드였던 것이다.

그런 까닭에 송악산 밑에는 진지가 될 동굴을 파고, 여기 알뜨르에는 비행장을 만들었다. 그뿐 아니라 포대, 참호, 고사포 진지, 탄약고, 폭탄 매립지 등 거대한 병영을 이곳에 구축했다. 이 공사에 제주도민과 한국인의 피와 땀이 뿌려졌다는 것은 말할 필요가 없다.

그들의 1945년 2월에 구상한 결(決) 7호 작전 명령은 이러하다.

"최후의 1인까지 싸워 섬을 사수하라."

그러나 미국이 일본 본토를 직접 공격함으로 이 전쟁 시나리오
는 무산되었다. 일본의 항복으로 태평양 전쟁은 끝났다. 만약 일본
의 계획대로 마지막 일전이 여기에서 벌어졌다면? 역사는 가정법
을 쓰지 않는다. 더 생각하지 말자. 나는 지금 일본 전체주의 야욕
의 현장을 지금 걷고 있는 것이다. 이 땅에서, 아니 이 세상 어느 곳
에서든, 전쟁은 더 이상 없어야 한다.

살암시민 살아진다

다시 침묵의 걷기. 몇 분이나 걸었을까? 또 하나의 치욕스런 현장을 만났다. 이 코스를 걷는 자는 많이 울어야 한다. 우리가 인간임을 부끄럽게 여겨야 한다. 누가 그랬는가? 아우슈비츠를 보고는 시를 더 이상 쓸 수 없다고. 가슴 깊은 곳에서 절망과 분노가 울컥 올라오는 것을 느꼈다.

이 사진은 모든 올레길을 걸으면서 찍은 가장 비극적인 사진이다. 이곳은 일제시대 일본군이 제주도민을 강제 동원하여 구축한 최대 탄약고였으며, 해방 이후 미군에 의해 폭파된 곳이다. 이 평범한 구덩이에서 무슨 일이 벌어졌는가? 제주특별자치도 4.3사업소가 적은 사건의 전말은 이렇다.

이곳은 제주 4.3사건의 비극이 진정된 국면으로 접어들 무렵 한국전쟁이 발발하자 내무부 치안국에서 일본 식민지하 우리 민족을 압살하던 예비검속법(1945년 미군정청에 의해서 폐지 됨)을 악용, 당일 오후 2시 요시찰인 및 형무소 경비 강화, 6월 29일 불순분자 구속, 6월 30일 구금자 처형 등의 내용을 전문으로, 각 경찰국에 지시했다. 모슬포 경찰은 관내 344명을 예비 검속하여 관리해오다가 7월 16일 63명이 군에 인계했고, 1차로 20명이 섯알 오름에서 학살되었으며, 2차로 8월 20일 새벽 2시에 한림 수용자 60명, 새벽 5시에 모슬포 수용자 130명 등 210명을 법적 절차 없이 집단 학살하여 암매장 한 비극의 현장이다.

이때 총살 집행에 참여했던 참여자의 진술이다.

"해병대 모슬포부대에서 차출된 대원들이 도착하자, 중대장과 소대장이 도착했고, 소대장이 총알을 나눠주었으며, 중대장의 '한 사람이 한 명씩 총살하라'는 명령에 따라 대원들이 일렬종대로 대기하고 있다가 GMC 트럭에서 내리는 민간인을 이곳 호 가장자리로 끌고 와서 한 명씩 세워놓고 지휘관이 지켜보는 가운데 총살해 시신을 호 안으로 떨어지게 한 장소다."

이 같은 반인륜적 만행을 은폐하고 시신 수습을 차단하기 위해서 이 일대의 민간인 출입을 7년간이나 통제하고 군경에 의한 경비를 강화했다. 이 사실은 안 유족들의 백방의 노력과 탄원 끝에 3차에 걸쳐 유골을 발굴했으며, 일부는 개인 묘역으로, 나머지는 현 묘역에 안장되었다. 제3차 발굴 당시의 상황이다.

"1956년 5월 18일, 암매장된 굴속의 물을 양수기로 흡출하여 유해를 발굴하게 되었다. 구분 없이 뒤엉킨 유골을 준비된 칠성판 위에 머리뼈, 팔뼈, 다리뼈를 적당히 맞춰 149개로 구성하였는데, 후환이 두려운 일부 유족들에 의해서 17구는 개인묘지로 옮겨지고 132구는 미리 마련한 현 묘역에 안장하여 백조일손지지(百祖一孫之地, 조상이 다른 백서른두 명이 죽어 뼈가 엉키어 하나가 되었다)라 명하였다."

섯알 오름 사건만 이렇게 적어 놓으면 전후 관계를 알 수가 없다. 도대체 4.3사건의 성격은 무엇이고 어떻게 진행이 되었으며 어떻게 정리된 것인지 알 수가 없는 것이다. 그러나 사실 나조차도 이 사건을 세세히 알지도 못할 뿐더러 언급할 자격을 가지고 있지 못하다. 그러니 개인적 의견을 적는다는 것은 나의 지식과 능력 밖의 일이다. 다른 자료를 인용함으로 올레 걷기를 통해서 알게된 4.3사건의 비극적 상황을 이해할 수 있을 뿐이다.

먼저 제주 4.3 특별법 2조에 정의된, 제주 4.3사건의 성격 규정을 보아야 한다. "제주 4.3사건이라 함은 1947년 3월 1일을 기점으로 1948년 4월 3일 발생한 소요 사태 및 1954년 9월 21일까지 제주도에서 발생한 무력 충돌과 진압과정에서 주민들이 희생당한 사건을 말한다"라고 쓰여 있다.

그러니까 1947년 3.1절 기념 제주대회가 그 기점이 되는 셈이다. 이 날 제주 북국민학교에서 열린 행사에 2만 5000에서 3만 명의 정도의 인파가 참석했는데, 우연한 소란으로 경찰이 발포를 하게 되었고, 6명이 죽은 것이 발단이 되었다. 이 사건에 대한 항의로 관민 총파업이 일어났고 미군정 경무부장 조병옥은 3.1 발포 사건을 정당방위라고 강변함으로 사태를 악화시켰다. 또한 총파업이 제주도 사람들의 사상이 불온하기 때문인 것으로 원인을 돌리고, 사상이 불온한 자에 대한 검거 열풍이 불기 시작했다.

결국 우연한 사건이 변질되어 좌우 이데올로기 대립으로 확대되는 결과를 야기한 것이다. 결정적인 것은 이듬해 4월 3일 남로당 제주도당이 일으킨 무장 봉기(약 350명의 무장대가 제주도내 경찰지서

열한 번째 길

12곳을 동시 공격)를 통해서 걷잡을 수 없는 혼란으로 빠져들게 되었다. 미국의 입장에 선 군과 경찰, 남로당의 입장을 대변하는 무장대와 도민들의 가세로 비극적 사태로 빠져든 것이다. 당시 제주도에 주둔했던 9연대장 김익렬은 〈4.3의 진실〉이라는 글에서 "제주도 4.3사건은 미군정의 감독 부족과 실정으로 인해 도민과 경찰이 충돌한 사건이며, 관의 극도의 압정에 견디지 못한 민이 최후에 들고 일어난 민중 폭동이라고 본다"고 기술하였다. 당시 무장대의 명분은 '경찰과 우익청년단의 탄압에 대한 저항, 단독선거/단독정부 반대, 조국의 통일 독립'이었다. 그리고 5.10선거를 무산시키기 위해 주민을 산으로 올려보냈다.

곧이어 참혹한 수난 국면이 전개 되었다. 토벌대는 "해안선에서 5킬로미터 이외의 지대를 적성으로 간주하라"는 명령에 따라 중산간 마을을 불태우고 무차별 학살을 감행하였다. 학살은 무장대에 의해서도 저질러졌다. 4.3 초기, 무장대는 경찰과 서청 단원 같은 우익 청년단체 소속원, 그리고 토벌대에 협조한 우익 인사와 그 가족들을 살해하였다. 또한 토벌대의 진압으로 곤경에 빠지자, 토벌대 편이라고 생각한 마을을 덮쳐 주민들을 집단으로 학살했으며 어린이와 여자, 노인도 살해했다. 제주 4.3위원회에 신고된 희생자 중 78.1퍼센트는 토벌대에 의해 희생되었지만 12.6퍼센트인 1764명은 무장대에 의해 희생된 것으로 나타났다.

1954년 9월 21일 한라산 금족령이 해제됨으로 제주도 인구의 9분에 1인 약 3만 명의 엄청난 희생자를 낸 제주 4.3사건은 7년 7개월 만에 종료되었다. 그러니까 섯알 오름의 학살 사건은 시기적으로 4.3사건이 끝나갈 무렵에 자행된 마지막 학살인 것이다.

　과거 군사 정권은 이 사건을 '반란' 또는 '공산 폭동'으로 규정했다. 그러나 제주도민들은 고난과 박해 속에서도 진상 규명을 정부에 끊임없이 요청했고, 그 결과 2000년 1월 12일 마침내 '제주 4.3사건 진상 규명 및 희생자 명예회복에 관한 특별법'이 제정되어 정부 차원의 진상 규명 작업이 시작되었다. 그리고 2003년 10월 15일 정부의 공식 보고서인 〈제주 4.3사건 진상조사보고서〉가 확정되었다. 노무현 대통령은 보고서가 채택된 지 보름만인 2003년 10월 31일 제주 4.3사건을 "국가 공권력에 의한 인권유린"으로 규정한 보고서 내용을 근거로 유족과 제주도민에게 머리 숙여 공식 사과했다.

　노형리 한 자연마을의 주민은 "젊은 남자들이 거의 죽고 나니 축구대회에 참가할 남자가 정원보다 한 명 부족한 열 명뿐이었다. 그래서 우리끼리 '죽다 남은 열 명'이라며 자조했다."고 말했다. 그래도 도민들은 '살암시민 살아진다(살다보면 살아진다)'며 서로 위로했다. 이때 살아 있는 사람만이 유일한 희망의 근거였다.

　(상기 글은 아래의 문헌을 참조하고 인용하여 재구성하였음을 밝혀둡니다.)

참조

제주특별자치도 4.3 사업소

총살 집행에 참여했던 참여자의 진술

제주 4.3 사건 (제주 문화 상징 중 김종민의 글)

제주 4.3 항쟁의 역사적 의미 (강요배의 동백꽃 지다 중 서중석의 글 중)

열한 번째 길

→

모슬봉 억새는 바람에 표표히 날리고,
멀리 한라산 손짓에 흰구름 달려간다.

가난한 아름다움

지난밤에 묵은 게스트하우스의 올레꾼 중 두 사람만 11코스 계획을 가지고 있었다. 나와 삼십 대 중반쯤 보이는 건강한 사내였다. 날이 밝아지자 나그네들은 하나둘씩 게스트하우스를 떠났다. 소란스럽던 이곳도 다시 고요 속으로 가라앉았다. 둘만 남게 되자 그가 먼저 입을 열었다.

"사실 제가 너무 늦게 걸어서 늘 혼자 다녔어요. 같이 걷는 분들에게 신경 쓰이게 하고 싶지 않거든요."

"그러세요? 나도 그래요. 여기까지 걷는 동안 출발 지점부터 함께 걷는 경우는 없었어요. 어차피 둘만 11코스를 시작해야 할 것 같은데, 서로 신경 쓰지 말고 걷기로 하지요. 혼자 걷고 싶으면 언제든지 각자 걷기로 해요."

서로가 나이도 이름도 묻지 않았다. 인연도 유효 기간이 끝나면 그만일 터인데……, 잠시 길동무 되어 걷다가 어느 지점에서 제 갈 길로 갈 것이다.

그런데 뜻밖이었다. 일본군이 만든 알뜨르 비행장과 전적(戰跡) 유물들을 살펴보고, 섯알 오름에서 집단 학살 현장도 보고, 나부끼는 억새를 헤치며 모슬봉에도 함께 올랐다. 그리고 정난주 마리아 묘소까지. 하루 동안 너무 많은 주검과 주검에 얽힌 사연을 만났다. 그랬던 탓이었을까? 그도 나도 말이 없었다. 그는 그대로 나는 나대로 깊은 생각에 빠져 있었던 것 같다. 두 다리는 거의 기계적으로 길을 따라 걷고 있지만, 머릿속은 어쩌면 주검보다도 사는 것을 생각하고 있었을지도 모른다.

마침내 이 코스의 끝자락인 곶자왈 입구에 섰다. 이곳을 빠져 나가면 무릉2리 생태학교에 도착할 것이다. 여기까지 생면부지의 두 남자가 온전히 하루를 함께 걸을 수 있었던 비결은 무엇일까? 길을 떠날 때는 어느 지점에서 헤어질 것이라고 믿었는데.

"출발할까요?"

"쉴까요?"

길 위에서 두 사람이 나눈 말은 이것이 다였다. 오랜 시간 함께 걸을 수 있는 힘은 서로의 자유를 보장하는 긴 침묵이 아니었을까 싶다. 있어도 없는 듯 그렇게 걸은 것이다.

곶자왈이 없었다면 오늘 하루는 부끄러운, 그리고 슬픈 날이 되었을 것이다. 곶자왈은 이렇게 말하는 것 같았다.

"이보게, 그래도 또 살아지지 않던가? 제주도 사람들은 볶은 콩에서도 새싹이 난다는 믿음으로 이렇게 모진 목숨을 이어왔다네."

곶자왈이 뭔가? 제주도는 여기 신평-무릉 말고도 이미 이름 난 몇 군데 곶자왈 지대를 가지고 있다. 한경-안덕 곶자왈, 애월 곶자왈, 조천-함덕 곶자왈, 구좌-성산 곶자왈 등이다. 누구는 이곳들을 숲이라고 부른다. 그렇다면 어이없는 숲이다. 그럼 숲이 아니고 또 뭐란 말인가? 사전에는 곶자왈을 이렇게 풀이하고 있다.

"나무, 덩굴식물, 암석 등이 뒤섞여 어수선하게 된 곳을 일컫는 제주도 방언."

이 정의에 따르면 곶자왈은 그냥 어수선한 곳이다. 또 다른 풀이를 보자.

"북방한계 식물과 남방한계 식물이 공존하는 제주도의 독특한 숲 또는 지형."

이 정의는 얼버무린다. 숲이라고도 하고, 그냥 어떤 지형이라고도 한다. 이곳을 걸어 본 나는 숲과 어수선한 어떤 지형 중, 두 번째에 방점을 찍는다. 곶자왈은 숲이 아니다. 그냥 곶자왈일 뿐이다. 정말이다. 숲으로서 가슴 내밀 것이 없다. 이게 제대로 된 숲이었으면 골프장을 만들거나 쓰레기 매립장을 하겠다고 쉽게 입 밖에 내지 못했을 것이다. 만만하게 본 것이다. 이래도 저래도 뭐 어쩌겠냐는 미운 오리새끼 같은 곶자왈. 이곳만 해도 그동안 사람 발길이 끊겨 잊힌 곳이었다. 아무도 주목하지 않은 천덕꾸러기 곶자왈.

시전에 나온 말 그대로 질서 없는 어수선함이 방문객을 맞는다. 아주 오래된 곳이지만, 시름없이 곧게 자란 아름드리나무 한 그루 보이지 않는다. 등 굽고 가냘픈 나무들이 온 몸을 비비 꼬면서 서로서로 기대어 서 있다. 이곳에서 살아가기가 녹록치 않다는 것을 짐작하게 한다. 그래서일까. 야생 탱자나무는 뾰족한 가시를 달고 낯선 방문객의 접근을 경계한다. 봉두난발 덩굴식물들은 천방지축으로 줄기를 뻗어 나무를 감고 올라가고, 거무튀튀한 바위들을 가려주기도 한다.

그 많은 돌 틈에서 샘솟는 석간수(石間水) 한 모금이라도 보시할 수 없을 만큼 가난한 곶자왈이다. 숲의 꼴을 갖추기엔 아직 멀었다.

그러나 이 가난함이야말로 곶자왈의 진정한 모습이라는 것을 기억해두자. 못생긴 나무가 산을 지킨다고 했던가? 어디에도 쓸 재목 하나 없는 못난이 나무들과 아무 쓸모없는 넝쿨들이 모여 사는 곶자왈이었기에 세상의 탐욕스러운 눈으로부터 벗어날 수 있었다. 그러기에 이 못난이들은 후미진 곳에서 아무도 모르게 오랜 시간을 알콩달콩 살아올 수 있었던 것이다.

바위 밑 깊은 곳에 넉넉히 물을 숨겨놓고도 한 모금 내줄 수 없다고 내숭을 떨고, 땅속으로 슬며시 뿌리를 내려 옆 나무의 손을 잡고 연애를 하면서도 겉으로는 아무 일 없다는 듯 딴청을 부리며 살아온 것이다. 거짓말쟁이 곶자왈. 빈티 내고 내숭 떤 덕분에 오랫동안 사람들은 깜박 속은 것이다.

그런 까닭에 오랜 시간 한군데 머물면서 이곳의 햇빛과 물맛과 '그늘 맛' 본 곶자왈의 주인들은 세상의 어떤 숲도 부러워하지 않는다. 그런 모습이 좋아서 기웃거리는 생명들 아예 이곳에 거처를 마련한다. 작은 벌레부터 이런저런 새들, 그리고 나를 보자 놀라서 슬그머니 방향을 돌린, 눈이 파란 뱀까지.

깊이 들어갈수록 두런두런 책 읽는 소리를 들을 수 있다. 새들이다. 잡목 속에서 새들은 초록 나뭇잎을 찾으며 무언가 읽고 있는 것이다. 휘파람새처럼 낭랑한 음성의 새들이 있는가 하면, 어떤 새들은 이 나무 저 나무 옮겨가며 제 부리를 어딘가에 열심히 부딪치며 둔탁하게 책을 읽기도 한다. 마치 거대한 서당 같다.

가뭇없는 길은 어둡고 아늑하고 신비하다. 초록 잔디와 검붉은 돌로 뒤덮인 길은 나무들과 나무들 사이를 힘겹게 이어간다. 그러다가 툭 터진 잔디밭이 나타나 투명한 초원의 빛이 깔리고, 다시 잡목이 우거진 길로 들어서면 날이 막 사위어가듯 깊은 그늘이 들기도 한다.

빛과 어둠의 변증법 사이를 헤매면서 여름날을 걸어가면, 어느덧 가을이다. 수척하게 마른 나무들의 터널 아래로 낙엽이 수북이 쌓여 있다. 종가시나무가 몸을 털어 만든 낙엽들이다. 이 나무는 사철 푸른 나무라서 새봄에 새잎이 돋으면 봄이라도 제 몸을 털어서 서둘러 낙엽을 만들어낸다. 신록의 초록과 갈색 낙엽이 동거하는 종가시나무 터널을 걷는 기분을 무어라 말해야 할까?

곳자왈의 정령(精靈)들은 서로 가난하지만 서로 어울려 세상에 없는 그들만의 아름다움을 만들어낸다. 그러니 곳자왈이 가난하다고 말하지 말자. 그것은 단지 능률과 효율로, 탐욕의 눈으로 볼 때 가난할 뿐이다. 곳자왈은 11코스의 모든 슬픔을 한번에 치유하는 곳이다. 마음이 아픈 사람들, 스스로 못났다고 생각하는 사람들은 이곳에 와볼 일이다. 못난이들이 어울려 얼마나 아름다운 세상을 만들고 있는지. 곳자왈은 모두에게 드러내놓고 자랑할 만한 숲이 아니다. 그러나 곳자왈은 곳자왈만이 보여줄 수 있는 아름다움을 간직한 곳이다. 곳자왈은 숲이 아니다. 쓸모없는 잡목과 돌무더기, 넝쿨들이 모여 자족하며 행복하게 사는 땅이다. 곳자왈은 곳자왈일 뿐이다. 다시 곳자왈에 가고 싶다.

열두 번째 길

천천히 걷다

무릉 – 용수 포구

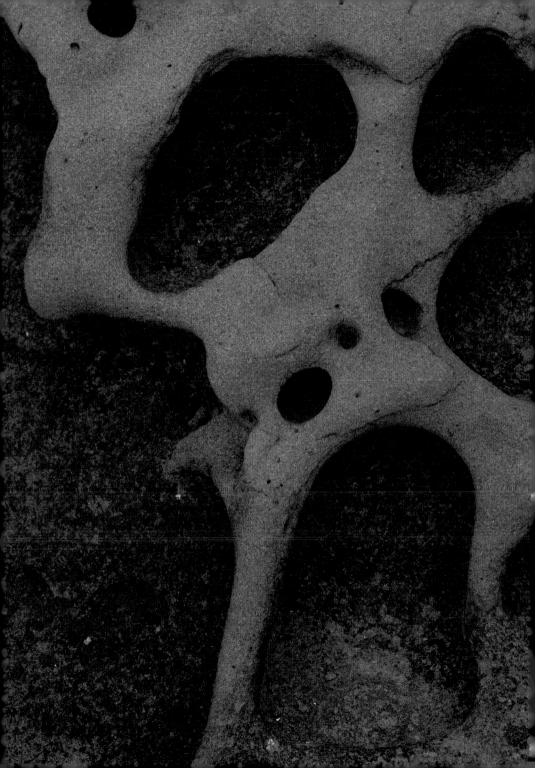

신 도 바 당 도 구 리

조물주의 조각 공원

척박한 땅이 제주도라고? 마치 속은 느낌이었다. 그렇게 듣고, 보고, 글도 썼는데……. 12코스에서 만난 제주 들녘은 지금까지의 모든 고정 관념을 산산이 부서졌다. 마치 남도의 어느 곡창지대에 서 있는 느낌이었다.

가는 물줄기를 쉴 없이 내뿜으며 한가로이 돌아가는 스프링클러. 수확한 밭벼들을 부지런히 트럭에 옮겨 싣는 농부들. 제주 들녘을 누가 척박하다고 말했는가? 이 들녘, 넓고 풍요롭다. 나는 감동하고 연신 고개를 끄덕이는, 새로운 체험을 할 수 있었다.

도원 횟집을 지나 바다로 내려갔다. 신도 바당 올레 시작점이다. 여기서부터 신도 포구까지 아주 느린 아다지오로 걸어야 한다. 그래야 조물주가 돌을 어떻게 주무르는지 볼 수 있다. 그의 아기자기한 소품들이 신도 바닷가에 그득하다. 빠른 프레스토로 걷다가는 볼 거 다 놓치는 수가 있다. 가급적 천천히, 앉아서 보고, 옆으로 보고…….

신도 포구 지나면 다음 목적지는 수월봉이다. 지루한 아스팔트 걷기를 각오해야 한다. 그러니 조금 빠르게 걸어도 무방하다. 심심

열두 번째 길 →

291

하면 좌우의 풍요로운 들녘에 눈길도 주시라. 아마 수월봉에 도착하면 지칠 만큼 지쳤을 것이다. 체면 불구하고 배낭을 베개 삼아 벤치에 벌러덩 누워버렸다. 여기는 바람이 온 세상 가득하다. 땀 식히는 데 최고 명당이다.

수월봉에서 보는 낙조가 그만이라는데, 지나가는 길손에게는 아무래도 호사이리라. 바람 부는 절벽에 서서 손에 잡힐 듯 가까운 섬 차귀도를 보는 것에 만족해야지. 수월봉 아래가 바로 엉알길이다. 눈 위로 잡힐 듯 '엉'이 많다.

엉알길이 끝나는 곳에서 12코스의 마지막 오름인 당산봉을 올라간다. 이 모두가 생이정 바당 올레를 위함이다. 억새를 헤치며 걷는 이 길은 생이정 밑으로 갈매기 떼를 보는 것이 절정이라 하는데, 보지 못했다. 내 운은 거기까지인가 보다. 용수 포구(절부암)까지 모두 17.6킬로미터. 풍요로운 남서부 제주를 걸었다.

그는 내일 이곳을 떠난다고 했다. 다시 삶의 자리로 돌아가는 것이다. 생태학교를 벗어나 도원 생태연못에 도착할 때까지 어제처럼 우리는 말이 없었다. 그러나 어제와는 달리 그에게서 불안한 기색이 엿보였다.

물론 나로서는 그 불안의 뿌리를 알 수가 없다. 기쁜 일보다 서러운 일이 많은 인생, 지리멸렬한 청춘. 그러니 삶의 욕됨에 그리 놀라지 말라고 말해주고 싶었다. 살다보니 그저 저 뜰 앞의 꽃이 피고 지는 것만 볼 뿐이라고.

하지만 아서라! 지금 그의 마음에 너울이 이는데, 휑하니 뚫린 가슴에 부는 시린 바람 앞에서 그게 무슨 위로가 되겠는가?

　그는 끝내 녹남봉에서 땀을 식히다가 작별의 손을 내밀었다. 혼자 걷고 싶은 것이다. 그리고 삶의 서늘한 그늘 속으로 들어가는 듯, 녹남봉 소나무 숲을 따라 내려갔다. 그의 뒷모습이 시야 밖으로 사라졌다. 저 청춘에게 행운이 있기를!

　양파 밭에 스프링클러가 저 홀로 돌아간다. 마치 분무기로 뿌리는 것처럼 안개 같이 미세한, 그리고 가벼운 물 입자가 검은 흙 위에 조심스럽게 내려앉는다. 잠시 멈추어서 허공에 맴도는 물방울 위에 어린 무지개를 보았다. 스프링클러가 돌아가고, 하강하는 물 입자와 새로 솟는 물 입자의 경계를 무시하고 일곱 빛깔로 분광된 햇살은 서로 돌올하게 제 모습을 드러내고, 또 이웃 색과 삼투됨으로 하나의 무지개가 완성되는 것이다.

　밭이랑 사이를 한 여인이 오가며 바구니에서 무엇인가 한 줌씩 집어내 뿌린다. 그 모습을 팔짱을 끼고 밭의 가장자리에서 무연히 바라보는 사내가 있다. 짐작으로는 두 사람이 부부인 듯싶다. 슬그머니 다가가 그에게 말을 걸었다.

　"지금 저 분이 밭이랑에 뿌리는 게 뭡니까?"

　"비료지요."

　"아, 그렇군요. 그런데 비료를 뿌리는데 스프링클러를 왜 돌려야 하나요?"

　"그래야 비료가 물에 녹아 밭에 잘 스며들게 되는 것이지요."

　꼭 물어보고 싶은 말이 있었지만, 끝내 물어보지 못했다.

"왜 저 분만 비료를 뿌리나요? 아저씨는 지켜보고? 두 사람이 나누어서 일을 하면 시간이 절반이면 될 것 같은데……."

양파 밭에는 제주의 문명과 문화가 함께 보인다. 스프링클러가 제 스스로 돌아가는 것은 변화된 문명이겠지만, 아내의 일하는 모습을 지켜보는 남편의 변하지 않는 권위는 견고한 제주의 남성 문화로 보였다.

신도 바닷가는 거대한 조각 공원 같다. 그러나 작품의 규모로 보면 산방산 밑, 용머리 해안과는 비교할 수가 없다. 이곳은 돌 하나하나가 떨어져 하나의 완결된 미를 보여주려 한 것은 아닌 것 같다. 그것은 마치 로댕의 〈지옥의 문〉처럼 하나의 돌판 위에 각기 다른 수많은 조각이 모여 거대한 하나의 작품을 이룬 것이다. 그러니 확대경으로 살펴보듯 여기저기 꼼꼼하게 조각의 형태와 디테일을 살펴보아야 한다. 당연히 보는 자의 상상력이 중요해진다. 굴곡진 돌 위에 빈틈없이 조각된 거대한 상상의 세계를 어떻게 그냥 지나칠 것인가?

그러나 이해 불가능하고 메마른 돌 조각만 있는 것은 아니다. 앞선 사진에서 보듯이 물을 이용한 부드러운 작품 몇 점도 있다. 그 규모가 상당하다. 바닷물이 빠져나가지 못하게 가둬서 만든 작품이다. 바다와 다른 세계가 담긴 물속에 있다. 연못 같은 이곳에 연둣빛 해초들이 붙어 그들만의 소우주를 이루고 있다. 이곳 사람들도 이것은 '도구리'(돌이나 나무속을 파서 소나 돼지의 먹이통으로 사용하는 널찍한 그릇)라 부르며, 대접해야 할 신도 해안의 명품으로 친다.

신도 해안에서 만난 크고 작은 신의 세계는 오묘했다. 인간으로서 비평이 불가능한 세계다. 이 작은 우주를 다 둘러보지 못하고 수월봉으로 향하는 발걸음이 참 아쉽다.

작은 바다에 담긴 푸른 세상,
큰 바다를 부러워하지 않는다.

바람을 대하는 두 가지 자세

올레 걷기를 계획하고 지도를 펼쳤다. 지도는 북제주에 해당하는 제주시와 남제주에 속하는 서귀포를 검은 실선으로 구획한다. 올레 코스가 북제주 동쪽 종달리부터 서쪽 고산리에 걸쳐 있다는 것을 알 수 있다. 북제주에서 시작하여 북제주에서 마무리하지만, 모든 코스는 남제주의 바닷가와 중산간을 지그재그로 걷도록 디자인되어 있다.

출발하기도 전에 펼쳐진 지도에는 벌써부터 에메랄드빛 바다 위를 흰 파도가 밀물져 들어와 남제주의 해안가를 적시고 있었다. 1132번 일주도로를 따라 가고 싶은 곳을 찍어 보았다. 성산, 성읍, 표선, 중문……, 그리고 마지막으로 수월봉.

그중 수월봉이 제일 먼저 가고 싶었다. 마치 효모처럼 수월봉에 대한 생각이 점점 부풀어 오르는 것을 느꼈다. 그러나 올레 코스로 보면 12코스 끝자락에 수월봉이 있다. 1코스부터 걷기 시작하면 언제쯤이나 도착할 수 있을까? 역 올레를 생각해봤으나 영 개운치가 않았다. 미당 서정주의 시에 다음 구절이 있다.

바다 속에서 전복을 따 파는 제주 해녀도
제일 좋은 건 님 오시는 날 따다 주려고
물 속 바위에 붙여 그대로 남겨 둔단다.
시의 전복도 제일 좋은 건 거기 두어라.

마음이 급하긴 하지만 이 걷기의 백미에 해당하는 수월봉은 아껴두고 마지막 날 걷기로 했다. 나는 왜 수월봉에 그렇게 집착한 것일까? 그것은 마치 오래전에 본 바닷가 바위 위에 찍힌 공룡 발자국처럼 선명하게 남아 있다. 벌써 25년 전 이야기다. 앞에서도 썼지만 사진만을 위해서 제주도 걷기를 계획한 것은 그때가 처음이었다. 이 책에 수록된 사진 몇 점은 그때 찍은 것들이다.

사실, 앞의 사진 〈바람을 대하는 두 마음〉을 찍을 때만 해도, 그곳이 수월봉인지 몰랐다. 무작정 걷다가 발견한 봉우리였다. 멀리서 보니 봉우리 하나가 온통 초록 풀로 덮여 있고, 풀들 사이로 드문드문 해송들이 박혀 있었다. 그 모습이 너무 이국적이어서 이름도 모르고 무작정 그 언덕을 기어 올라갔다. 나도 그곳의 풀들처럼 온 몸을 숙이며. 그리고 제주도에서 찍은 여러 사진 중 마음에 드는 사진을 거기서 찍을 수 있었다.

이 사진으로 1988년, 제7회 대한민국사진전에서 입상을 했고, 그해 모 국회위원에게 사진을 팔았다. 나로서는 사진을 작품으로 판 첫 사례였다. 그러다보니 이래저래 애정이 가는 사진이고, 제주도에 가면 들르고 싶은 장소 1순위가 수월봉이 된 것이다. 끝없이 펼쳐진 푸른 언덕과 모진 바람 속에서도 까닥 않던 소나무의 안부가 궁금할 수밖에 없었던 것이다.

　그때 이 사진을 구입한 국회의원은 왜 이 사진을 맘에 들어했던 것일까? 그는 다시 그해 연말 비서관을 보냈다. 보관하고 있는 필름이 있으면 새해 연하장 이미지로 쓰고 싶다고 했다. 이때 나는 정중히 거절했지만, 그가 왜 가까운 친지들에게 이 이미지를 돌리고 싶었던 것일까 궁금했다. 이 사진으로 어떤 메시지를 전달하고 싶었던 것일까?

　보이지 않는 바람, 드러눕는 풀, 흔들리지 않는 소나무.

　그렇다. 바람은 우리를 둘러싼 환경이고, 세상에 나가면서 만나게 되는 끝없는 변화다. 그 속에서 우리는 끊임없이 어떤 자세를 강요받게 된다. 풀처럼 혹은 소나무처럼. 하루 살기를 걱정하는 범수들에게 선택권은 별로 없다. 사람들은 풀처럼 사는 것을 좋아하는 것이 아니다. 살아남기 위해서는 풀처럼 바람이 불면 누워야 한다. 여하튼 그런 의미에서 풀은 울림이 큰 이미지이다. 한국 사람들이 애송하는 시 중 가장 상위에 오른 것도 김수영의 〈풀〉이다.

풀이 눕는다
바람보다 더 빨리 눕는다
바람보다 더 빨리 울고
바람보다 먼저 일어난다

여기서 중요한 단어는 부사 '더'다. 알아서 기겠다는 뜻이다. 그것이 생명력의 원천임을 아는 까닭이다. 그러나 사진을 구입한 사람은 바람이 부는 것에 따라 이리저리 휘둘리는 풀보다는 비타협과 고난의 삶을 선택하는 소나무에 마음을 두고 있었을지도 모른다. 세상과 불화하는 선비정신의 표상으로서 소나무. 그는 그의 집 무실에 이 사진을 걸었다고 했다. 바람 속에서 순응하는 풍경과 타협하지 않고 꼿꼿이 서 있는 한 그루의 나무, 이 둘의 대립을 통해서 자신의 삶에 긴장을 불어넣었을 것 같았다.

25년이 지난 지금, 꺼진 화톳불을 후후 불어 불씨를 살리듯, 수월봉을 기억 속에서 살려내는 것은 아마 그런 인연이 컸으리라. 그곳에는 푸르디 푸른 바람이 있었다. 바람이 아름다움을 얻기 위해서는 바람이 누구를 만날 것이냐가 중요하다. 수월봉에서 만난 바람은 아름다웠다. 거기에 봉우리 전체를 빼곡히 매운 초록 풀밭과 외로운 소나무가 있었기 때문이다.

그러나 이제 수월봉은 25년 전 나의 수월봉이 아니었다. 외로운 소나무는 베이고 없었다. 끝없이 펼쳐져 바람이 불면 바람보다 빨리 눕던 그 풀들도 겨우 흔적만 있었다. 가쁜 숨을 몰아쉬며 올라와야 했던 곳을 자동차들은 바람보다 빨리 올라간다. 잘 닦여진 아스팔트길은 정상 부근까지 이어지고, 언덕 위 주차장은 관광객들의 차로 이미 만원이다. 사람들은 언덕에서 차귀도를 힐끗 보고 간이매점으로 내려간다. 그리고 어묵이나 아이스크림을 사먹으면서 파라솔 밑에서 한담을 즐기는 것이다.

풍경은 삶의 편의를 위해서 재편된다. 풀처럼 살 것도, 소나무처

럼 살 것도 없다. 모두 베이고 뿌리까지 뽑혀버렸다. 아는지 모르
는지 오늘도 바람은 수월봉을 향해 한 번 거칠게 불어본다.

　수월봉! 바람은 그날이나 오늘이나 수월봉으로 불어오겠지만
25년 전의 수월봉과 25년 후의 수월봉은 다른 수월봉이다. 25년
전의 수월봉을 모르는 사람들은 간이매점에서 어묵을 먹으며 수월
봉 바람이 장난이 아니라고 말할 것이다.
　아니, 그 세월은 두 가지 마음이라는 태도 자체도 무화(無化)시킬
만큼 오랜 시간이기도 하다. 25년 전의 수월봉은 이미 신화가 된
것이다.

다시, 걷다

    수월봉을 뒤로 하고 엉알길로 내려섰다. 예전에는 무척 험했던 길이다. 오금이 저리어 어쩔 줄 몰라 하며 내려갔던 기억이 난다. 그 길이 차가 다니는 해안도로로 변했다. 세월이 그런 것이다. 이제 한 시간 정도만 더 걸으면 내가 걷고자 계획했던 모든 길이 끝이 난다. 아, 이렇게 끝나는 구나. 나는 스스로 대견하고 만족해한다.

    날이 흐리더니 기어이 비를 흩뿌린다. 비를 피할 생각도 안 난다. 아니, 마지막 비라고 생각하니 온몸으로 맞고 싶었다. 다시는 이 길 위에서 비를 만날 일이 없을 것 같다. 문득 걸어왔던 길이 궁금해졌다. 해변 도로에서 몸을 돌려 지난 길을 보았다. 엉알길 위로 수월봉과 기상 관측소만 보인다. 거기까지다. 나머지 길은 다시 추억 속으로 편입되었다.

    240킬로미터 가까운 길을 오직 두 다리에 의지해서 걸었다. 바람 속을 걸었고, 사나운 빗줄기 속을 걸었고, 여름 땡볕 속을 걸었다. 그 길 위에서 낯선 사람들을 길동무 삼았고 또 헤어졌다. 마지막 길은 홀로 비를 맞으며 걷는 것으로 끝을 낸다.

    당산봉을 지나니 제주 올레가 자랑하는 생이 기정이다. 생이는 새가 많다는 뜻이다. 제주 올레에서 만든 말이다. 기정은 벼랑, 절벽을 말하는 제주도 말이니, 생이 기정은 새가 많은 절벽의 다른 말인 것이다. 그러나 오늘은 새가 없다. 새들도 비를 맞으며 먹이를 찾고 싶은 마음은 없는 것 같다. 그만큼 여유로워지고 풍요로워진 제주다.

새 떼를 보려고 이 길을 찾는 사람들은 많이 아쉬울 것 같다. 그러나 새들을 보는 것보다 기정 위의 무리진 억새 사이를 걷는 즐거움도 가볍게 볼 일이 아니다. 충분히 아쉬움을 달래준다. 비에 젖은 억새들은 노릇노릇 익어가는 산늬(밭벼) 같다. 아직 피지 못한 꽃대는 꼿꼿하게 모가지를 쳐들고 있었다. 억새들은 축축하게 젖은 몸으로 걷는 자에게 온몸을 척척 안겨온다. 맞은 비보다 억새에게 받은 빗물의 양이 더 많다. 이미 걸친 옷뿐만 아니라 등산화까지 물속에 빠진 것 같이 질척질척하다.

되돌아보니 차귀도도 멀어졌다. 그리고 눈앞에는 풍력 발전을 위한 거대한 풍차가 바다 끝에서 돌고 있다. 이곳이 바람의 섬인 것을 증명해주는 것 같다. 이곳 사람들에게 위협적이고 모질고 거친 바람이 에너지로 바뀌는 천지개벽을 나는 눈앞에서 보고 있다. 그뿐 아니다. 그 많은 돌과 중산간 지방의 들녘과 제주 여인들의 강인함이 모두 자원으로 바뀌어 이 땅의 풍요를 약속하는 DNA가 된 것이다.

마침내 자그마한 용수 포구에 도착했다. 전형적인 어촌 마을이지만, 많은 배들이 이곳에 정박할 수는 없을 것 같다.

이곳은 천주교의 성지로 유명하다. 최초의 천주교 신부인 김대건(金大建, 1822~1846)이 상하이에서 출발하여 고국으로 돌아오던 중 풍랑을 만난 표착(漂着)한 곳이다. 1845년의 일이다. 그의 활동은 오래가지 못했다. 불과 1년 후 약관 스물여섯의 나이로 혹독한 고문 끝에 순교함으로 짧은 인생을 마감했다. 천주교는 그를 기념하여 용수 포구를 성지(聖地)로 선포하고 2006년 11월 포구 앞에 김대건 신부 표착기념관을, 2008년 9월 기념관 옆으로 기념성당을 건립하였다.

용수 포구는 12코스 끝점이고 13코스 시작점이다. 13코스는 북제주 올레의 첫 코스이기도 하다. 이미 14코스가 2009년 9월 26일에 개장했다. 나의 길은 여기까지다. 여기서 모든 일정을 끝낼 계획이니 아무래도 큰길까지는 걸어가야 할 것 같았다. 포구에 있는 마트에 들러 길을 물으니 족히 삼십 분은 더 걸어 나가야 한단다.

추적추적 비는 내리고, 긴장도 풀리고, 지칠 만큼 지쳤는데 참 난감하다. 그 삼십 분이 고통스러울 것 같았다. 그래도 달리 방법이 없다. 두 발에 더 신세를 져야 한다. 김대건 신부 표착기념관을 지나서 다시 걷는다. 영 걷는 기분이 안 난다. 시외버스 타는 곳까지는 길 안내 표시도 없다. 올레 코스가 아니기 때문이다. 무작정 큰길까지 감으로 걸어가야 한다. 그런데도 계속 사거리가 나오자 점점 자신이 없어진다. 어디 물어볼 곳도 없다. 참으로 막막하다. 화살표와 리본이 그리워진다. 마침 트럭 한 대가 다가온다. 염치불구하고 손을 흔들어 차를 세웠다. 중년 아낙이 운전대를 잡고 있었다.

"제주시로 가려고 해요. 어디로 가면 제주시로 가는 버스를 탈 수 있을까요?"

"제주시요? 조금 먼데······, 이 차 타세요. 버스 정류소까지 같이 가지요."

제주 도착 첫날 잔돈이 없는 나를 마음씨 고운 버스기사가 공항서부터 시외버스 터미널까지 공짜로 태워주더니, 제주를 떠나는 날 고산리의 후덕한 제주 아낙은 조수석에 나를 앉히고 버스정류소까지 데려다 준다. 마지막에 또 한 번 되새기는 '제주의 빛'이다. 세월이 더 흘러서 아마도 북제주의 모든 길들이 올레길로 연결되면 다시 이곳을 찾아 걷게 되겠지만, 그때까지, 아니, 영원히 이 빛만큼은 바래지 않았으면 좋겠다.

이렇게 마무리하고 밤 비행기 트랩을 오른다. 어둠 속에서 환한 불빛의 제주 시내가 점점 멀어져간다.

걷는 동안 많이 행복했습니다.

외로움을 위하여

생이 기정 올 때까지 외로웠다.
걷던 길도 외로워했고,
이름 없는 바위섬도 외로워했고
봉두난발 억새도 외로워했다.

외로운 것들은 외로움을 입술에
올리지 않는다.

외로운 사람이 올레에 오고
외로워지고 싶어서 올레에 온다.

외로움은 외로움과 대면하여
외로움을 이겨야하는 것을 알아갈 때
외로움은 더 외롭다.

외로움을 배낭에 담고
외로움을 발로 밟아가며 남제주를 걸었다.

단애 끝에
늙어가는 은백색 외로움이 지천이다.

초여름부터 늦가을까지 몸과 마음이 제주도에 가 있었다. 남제주 자연의 아름다움과 역사 문화 속에서 두 계절을 보내고 나니 겨울 초입에 들어서 있는 것이다. 걷고, 보고, 사진 찍고, 글 쓰는 것에 한 해의 절반을 보냈다.

이 길을 걷기 전에 꿈꾸었던 것은 서해안부터 시작하여 남해안과 동해안을 내 발로 걸어보는 것이었다. 혹은 유명세를 많이 탄 산티아고나 혜초의 길을 따라 실크로드를 걷고 싶기도 했다. 그러나 모든 것을 꿈꿀 수는 있어도 막상 실행에 옮기는 것은 영 자신이 서지 않았다. 금전적인 문제, 예견되는 고생, 적지 않은 나이에 길 위에 홀로 선다는 것이 부담스러웠던 까닭이다. 그러던 중 우연히 신문에 소개된 제주 올레 소개 기사를 읽었다. 큰 준비 없이도 걸어볼 만할 것 같아 용기를 냈다. 무엇보다도 목적지 없이 무작정 걷는 것이 아니라 나 같은 사람을 위해 사전에 걸어야 할 코스가 미리 정해져 있다는 것이 안심이 되었다. 하루에 한 코스쯤은 어떻게 걸어볼 수 있을 것 같았다.

걷자고 마음먹으니 닥쳐올 고생보다는 새로운 세계에 대한 핑크

빛 기대감이 앞섰다. 어쩌면 이때가 가장 행복한 시간일 수도 있다. 지도에 나타난 검은 도로를 눈길이 좇는 동안 처음 가보는 곳에 대한 욕망이 점점 증폭되어 오는 것이 느껴졌다. 마음으로 코스를 이동할 때마다 욕망에서 새로운 욕망으로 계속 옮겨감이 느껴졌다. 새로운 그 무엇이 나를 기다리고 있을 것이란 기대감이 상상 속에서 수많은 제주의 아우라를 만들어냈다. 그 욕망의 아우라를 글과 사진으로 남기고 싶었다. 글과 사진이라는 씨줄과 날줄을 통해서 제주 올레라는 직물을 짜고 싶었던 것이다.

이렇게 짠 직물의 빛깔이 고울까? 솔직히 자신이 없었다. 겨우 두 계절에 걸쳐 본 제주를 어떻게 잘 드러낼 수 있을까? 또 하나는 제주에 대한 에세이를 쓰겠다는 계획을 듣고, 이곳 출신 지인의 "정확하고 쉽게 제주를 느낄 수 있는 제대로 된 글을 써 달라"는 당부도 마음에 걸렸다. 그러니 애초부터 단순한 여행기가 될 수 없었다. 제주도의 고갱이를 얼마만큼이라도 담아내야 했다. 신화, 역사, 문화, 지리 등 제주의 빛을 알려줄 수 있는 것이라면 주마간산식으로라도 언급해야 했던 것이다.

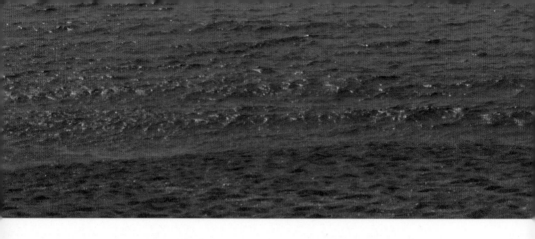

　다른 한편으로 마음의 짐이 된 것은 사진이다. 명색이 사진가고 입맛 까다롭기로 소문난 사진평론가 아니냐. 그렇긴 하다. 여행길에 찍은 사진은 좋은 사진이 될 가능성이 없다는 것은 평소 생각이었다. 좋은 사진이 되기 위해서는 찍는 자의 인생이나 세계관이 투영되어야 한다는 믿음 때문이다. 눈썰미 혹은 사진기의 메커니즘에 기대어 기술이 먼저 보이는 사진은 아무리 사진이 좋아 보여도 후한 점수를 주는 것에 늘 인색했다. 정신의 기반이 허술해 보이는 사진을 믿지 않는다.

　보름간의 사진 찍기가 진정한 제주의 모습을 어떻게 제대로 보여줄 수 있을 것인가? 그것이 가능하다면 욕된 것이다. 그러니 흔히 여행 에세이에서 볼 수 있는 사진과는 다른 사진을 어떻게든 보여야 한다는 부담감을 느끼지 않을 수가 없었다. 이번 책에서는 '이런 것도 여행 사진의 대상이 될 수 있구나'를 보여주는 선에서 욕심을 접어야 할 것 같다. 단지 글과 사진이 각기 제 모습을 자유스럽게 드러내지만 서로가 서로를 억압하는 것이 아니라 상호 삼투를 통해서 의좋게 공존하기를 욕망한다.

　　알파 코스, 즉 우도 코스나 7-1코스를 제외하면, 제주 올레 본 코스는 2009년 12월까지 모두 열다섯 코스가 개장되었다. 이 책에서 12코스까지만 소개하는 것은 여기까지가 온전히 남제주를 동에서 서로 아우르는 길이기 때문이다. 13코스부터는 본격적인 북제주 코스의 시작이다. 게다가 이제 겨우 3코스만이 개장되었다. 다시 책으로 묶는다면 13코스부터 시작하는 북제주 코스일 것이다. 여유를 가지고 개발되는 코스를 지켜보며 준비하는 것도 좋을 듯하다.

　　글 속에 '날림으로' 쓴 시를 몇 점 넣어 보았다. 그때 그때의 나의 반응이니 부끄러워도 할 수 없다. 시간이 지나니 여행을 시작할 때의 실렘과 환희도 점점 희미해져 산다. 내가 간 그곳은 변한 것이 없겠지만 나는 변했다. 그 섬에 가고 싶을 때면 내가 쓰고 찍은 것이라도 가끔 꺼내 보련다. 2009년의 여름부터 가을까지 길 위에서 나는 참 행복했다.

최건수

여행을 끝내고

올레를 안내한 책들을 보면 고개를 갸웃거리게
만드는 코스가 있다. 7-1코스가 그것이다.
거기에 그나마 책자에도 실리지 못하고
음지에서 슬며시 올레꾼들을 손짓하는 코스도 있다.
1-1코스인 우도 코스가 그렇다.
우도에 가면 버젓이 올레 코스가 안내되어 있고,
화살표도 선명히 그려져 있는데,
아직까지 정식으로 대접을 못 받고 있다.
그래도 우도 코스와 비교하면 서귀포 월드컵경기장에서 시작하여
외돌개에 이르는 15.6킬로미터의 7-1코스는
형편이 조금 나아 보인다. 전 코스 완주를 목표로 걷는
올레꾼들에게 우도 코스는 빼먹어도, 7-1코스를 건너뛰는 것은
할 말도 안 생기고 어째 찝찝한 것이다.
앞으로 알파 코스라 불리는 이런 곁길 코스가 계속 생길 것 같다.
골프가 올림픽 정식 종목을 기대하는 것처럼,
괜찮지만, 아직은 정식으로 등록되지 않은 코스들이
계속 개발될 것 같다는 생각이 든다.

알파 코스
더 걷는 길

7코스의 알파 코스

슬쩍 빗겨 걷는 길

월드컵 경기장 - 외돌개

남쪽 바다의 아침

7-1코스는 철저하게 중산간 지방을 걷도록 되어 있다. 그만큼 지루하고 재미없을 가능성이 크다. 나도 사실은 조금 재미없었다. 이 코스의 핵심은 무엇일지, 무엇을 보아야 할지…….

보는 것으로만 따진다면 세 가지 볼거리가 있다. 우선 서귀포 70경 중 하나라는 높이 50미터의 거대한 엉또 폭포가 그중 으뜸이고, 다음으로는 고근산에서 제주의 남쪽 바다를 아무 생각 없이 바라보기, 마지막으로는 중산간 지방에서 보기 힘든, 하루 1000에서 5000리터의 용천수가 나온다는 하논 분화구다.

7-1코스는 마치 남도의 평야지대 같아 보이는 넓은 논이 방문객을 맞는다. 농사를 시작한 지 500년이 지난 오래된 논들이다. 코스 막바지에 삼매봉 입구에서 잘 닦인 아스팔트길을 5분간 내려오면 그 유명한 외돌개가 해안가에 서 있고 관광객들이 그것을 배경삼아 열심히 증명사진을 찍는 것을 볼 수 있다.

아침도 굶고 7시가 되기도 전에 찜질방을 나왔다. 공기는 탁했고, 찜질방 특유의 후끈함과 밤새 환하게 켜진 등불, 끊임없이 오고가는 사람들의 인기척은 밤을 뜬눈으로 세우기에 충분한 조건이었다. 그래도 여기서 길을 건너면 바로 7-1코스가 시작하니 별 수 없었다.

그래도 잠자리의 불편함과 짜증스러움이 꼭 불평할 일만은 아닌 것 같다. 새벽 걷기는 간밤의 불편함이 주는 뜻밖의 선물이었다. 불면에서 오는 피로는 맑은 새벽 공기가 말끔하게 치유해줬고, 누구보다 먼저 올레길을 만나는 기쁨을 누렸다. 여느 때처럼 아침식사를 한 후 9시나 10시쯤 출발했다면 결코 느낄 수 없었을 것들이었다.

햇살이 아직 퍼지기 전이다. 구름 속에 빛이 가득하다. 월산동 마을 언덕으로 올라가는 좌우 숲에서 새소리가 요란하다. 쭉쭉 뻗은 삼나무들이 감귤밭을 에워싸고 있다. 좁은 언덕길을 올라가다가 느리게 걸음을 옮기며 내려오는 중후한 어르신 한 분을 만났다. 외지 사람임을 한 눈에 알겠다. 벌써 새벽 산책이 끝난 듯 했다. 서로 엇갈리기 전에 인사를 하고 몇 마디를 건넸다.

"도시에 있으면 잠을 잘 못 자요. 맑은 공기 때문인지 여기에 오면 깊은 잠을 잘 수 있어서 자주 내려오지요. 이번에도 한 달쯤 자러 내려왔어요. 그런데 마냥 쉬고 싶어도 사람들이 그냥 편히 두질 않네요. 골프하자고 하고, 술 마시자고 찾아와요. 그냥 보낼 수도 없고……. 올레길이 좋다고 하는데, 여기 있어도 그게 잘 안 되네요."

그러고 보니 올라오면서 본 송아지만한 개 두 마리가 마당에 매어 있던, 잘 지어진 별장의 주인인 것 같았다. 사회적으로 성공한 사람들이나 유명 인사들이 불면에 시달리는 것은 흔히 있는 일이라고 한다. 생각해보면 그 자리에 갈 때까지 잠인들 편히 잘 수 있었겠는가. 사람들은 꽃핀 고향을 버리고, 어느 낯선 거리에서 불면의 한뎃잠을 자다가 이게 아니다 싶으면 다시 고향을 찾는다. 이 어르신도 신선하고 투명한 공기와 구름 속에서 붉은색에서 노란색으로, 그리고 하얀색으로 변해가는 햇살과 새들의 새벽 합창을 오래도록 잊었던 것이다. 도시에서는 그게 안 보이는 것이다.

올레를 걸으면서 나도 느끼게 되었다. 올레는 일종의 병이다. 신종 플루처럼 새로 유행하는 병이다. 올레를 매일 힘들게 걷다가, 걷기를 멈추고 다시 각자의 거처로 돌아갈 시간이 가까워오면 사람들은 불안해했다. 불편한 표정들이 역력했다. 잠으로만 따지자면, 저기 길을 내려가는 저 노인처럼 그들을 기다리는 거처는 불면의 처소임이 분명해보였다.

깊은 잠을 자러 여기에 온 노인은 뒷짐을 지고 내려갔고, 그의 등 너머로 제주의 남쪽 바다가 점점 환해지는 것을 나는 오래 지켜보았다. 아직 잠에서 덜 깬 바다는 고즈넉이 누워 있고, 섶섬 또한 빛의 강림을 기다리며 침착하게 바다에 떠 있다. 신새벽에 바쁜 것은 환장하게 눈부신 햇살과 바람에 불려가는 저 구름뿐이다. 숲속의 아침 새처럼 부지런하고 발랄하다. 아침 태양을 끌어안은 구름은 첫 아이를 안고 기뻐서 어쩔 줄 모르는 새댁의 투명한 웃음이다.

얼마 후면 바람이 구름을 충분히 벌릴 것이고, 그 사이로 막 짠 우유처럼 아침의 신선한 빛이 쏟아질 것이다. 그러면 이중섭이 사랑한 섶섬도 환하게 갈맷빛 이마를 들어내어 자신의 존재감을 보

여줄 것이고, 태양은 구름의 품을 벗어나 중천으로 달려가겠지. 그리고 바다는 투명에 가까운 파란색으로 치장을 하고, 하얀 파도는 목장의 양떼처럼 해안으로 오지게 밀려오리라.

　나는 그 변화를 기다리지 못하고 연신 사진기의 셔터를 누른다. 아니, 변화하는 한 모습도 놓칠 수가 없다. 누가 새벽에서 아침으로 변해가는 표정을 볼 수 있겠는가? 저 빛, 저 바람, 저 구름을 바라보고 있는 아침은 행복하다. 그러나 밤이란 숙성의 시간이 없었더라면 어떻게 이 찬란한 아침이 가능할 것인가? 엉또 폭포로 가기 전, 월산동 언덕에서 남쪽 제주 바다에 넋이 빠져 걸음을 옮기지 못했다.

정낭과 정주석

인간에 대한 신뢰

　인류가 만든 최고의 조각품은 무엇일까? 헬레니즘 시대 작품인 미로의 〈비너스〉? 아니면 베드로 성당 입구에서 죄인들을 지켜보는 미켈란젤로의 〈피에타〉? 또는 오귀스트 로댕의 〈칼레의 시민〉? 혹은 헨리 무어나 브랑쿠시의 추상 조각?

　서양 철학자 야스퍼스는 모두 아니라고 고개를 가로 젓는다. 그리고 딱 하나의 조각품을 이야기한다. 일본의 국보 제1호라 불리는 고류지(廣隆寺)의 〈목조반가사유상〉이 그것이다. 추측이지만, 이 조각의 본적지는 백제다. 부여박물관에는 또 하나의 반가사유상 〈금동미륵반가사유상〉이 있다. 왜 로댕의 〈생각하는 사람〉이 아니고 〈반가사유상〉인가? 야스퍼스는 다음과 같은 최상의 언어를 이 조각에 헌정하고 있다.

　나는 오늘의 철학자로서 인간 존재의 최고로 완성된 표징으로 여러 모델을 접해왔다. 고대 그리스 제신(諸神)들의 조상(彫像)도 보았고, 로마시대 만들어진 수많은 훌륭한 조상도 본 적이 있다. 그러나 그 어느 것에도 아직 초극되지 않은 지상의 인간 냄새가 남아 있었다. (……) 그러나 고류지의 미륵상에는 참으로 완성된 인간 실존의 최고 이념이 남김없이 표현되어 있다. 그것은 지상의 모든 시간적인 것의 속박을 넘어선, 인간 존재의 가장 청정(清淨)하고 가장 원만한 그리고 가장 영원한 모습의 상징이라고 생각한다.

영원한 평화의 이상을 실로 남김없이 최고로 표징하고 있는 형태……, 예술의 극점에는 역시 인간이 있고 그것을 초월하는 어떤 세계가 있는 것 같다.

올레를 모두 걸었다하니 올레 걷기를 계획하는 사람들이 물어오는 질문이 있다. 어느 코스가 가장 좋으냐는 것이다. 걷기 편하고 풍광이 좋은 곳이 어디냐 묻는 것이다. 제주도에 가서 꼭 보아야 할 것이 있다면 무엇일까? 백설을 뒤집어 쓴 한라산, 최남단인 마라도, 수시로 변하는 제주 바다의 물빛, 바다로 물이 떨어지는 정방 폭포, 이국적 냄새가 나는 야자수 길……. 볼거리가 어디 하나 둘뿐이겠는가? 사람들은 제주도에 내리자마자 모두 제 볼거리를 찾아서 뿔뿔이 흩어진다. 그러니 나는 생뚱맞게 꼭 보아야 할 것으로 정낭과 성주석을 추천하고 싶다.

이문간 앞에는 좌우로 서 있는 돌기둥이 있다. 거기에는 굵고 둥근 나무를 끼워 넣을 수 있는 세로로 뚫린 세 개의 구멍이 있다. 이 돌기둥을 정주석 혹은 정주목이라 하고, 여기에 끼워 넣는 세 개의 굵고 둥근 나무를 정낭이라고 한다. 바르다, 올바르다의 뜻을 가진 '정'과 나무를 일컫는 제주말인 '낭'을 합쳐 바른 나무와 바른 돌,

이게 정낭과 정주석이다.

정낭과 정주석이 아름다운 까닭은 인간에 대한 무한한 신뢰가 담겨 있기 때문이다. 세 개의 둥근 나무기둥은 마치 '나는 너를 믿는다'라고 말하는 것 같다. 이 정낭을 봐라. 하나를 걸쳐 놓으면, 지금은 부재중이라는 것이다. 그러나 곧 돌아올 테니 잠시 기다려도 무방하다는 신호다. 두 개가 걸쳐 있으면 아무래도 해 떨어지고야 올 것 같으니 용무가 있으면 그때 보자는 뜻이다. 세 개가 정주목에 꽂혀 있으면 장기 출타 중이다. 용무는 다음에······.

제주 사람들은 애초부터 성악설을 믿지 않았던 것 같다. 아무리 가난해도 집단속은 할 것 같은데, 시시콜콜 내 사정을 누구에게든지 드러내니 인간에 대한 믿음이 없다면 어떻게 가능하겠는가? 60년대의 가난 속에서 겪은 일이지만, 그게 뭐 훔쳐갈 것이라고 도둑들은 줄에 걸린 빨래, 정지에 있는 수저나 그릇, 다른 사람의 신발을 도둑질했던 것이다.

제주의 울담은 아이들이 폴짝 뛰어 쉽게 넘어갈 만한 높이다. 학교 가는 길에 이문간까지 가는 것도 급해지면, 아이들은 울담을 뛰어넘어 학교에 간다. 인간이 인간에 대한 신뢰가 이 정도면 최상급이시 않겠는가?

그러고 보니 생각나는 이야기가 있다. 천당과 지옥의 차이다. 사실 밖에서 보면 천당과 지옥은 아무런 차이가 없다. 하루 세 끼 밥먹고 사는 것이다. 그런데 천당 사람들은 살이 토실토실 오르고 지옥 사람들은 비쩍 말라간다. 무슨 차이일까? 이것은 단지 수저 쓰는 차이다. 수저 길이가 너무 길어 밥을 퍼도 제가 제 입에 넣을 수가 없다. 입까지 가는 도중에 모두 흘러버리는 것이 지옥 사람들의 식습관이라면, 천당 사람들은 수저를 제 입으로 가져가지 않고 맞은편 사람들 입에 넣어주는 것이다. 너를 먼저 먹이면 내 입에도 들어오는 곳이 천당이고, 내 것만 챙기려다 사실 줄줄 흘려버리는 것이 지옥인 것이다. 이 땅이 지옥인 것은 모두 밥 그릇 싸움 때문이 아닌가? 좀 가난하면 어떤가. 풍요로운 지옥보다 가난한 천당을 나는 정낭에서 본다.

그런데 요즘 제주가 자꾸 풍요로운 지옥이 되어가는 것 같아서 안타깝다. 정낭이나 정주목은 박물관에 가서나 보아야 할 처지가 되었다. 마치 '우리도 예전에는 천당이 있었지'하는 과거완료형 유물이 되어버린 것이다.

걷다보니 집안을 볼 수 없을 정도로 높은 콘크리트 담장과 철문으로 굳게 잠긴 집들이 많다. 고즈넉한 아침을 갑자기 요란하게 개 짖는 소리가 깨운다. 나는 흠칫 놀랐다. 한 마리가 아니다 여러 마리가 떼 지어 터진 대문 사이로 목을 내놓고 죽어라 짖는다. 왜 짖는지 모르겠다. 목이 풀려 자유롭게 마을을 다니는 개들은 저렇게 사납게 짖지 않는다. 아니, 초면인데도 반갑다고 꼬리를 흔들면서 다가오는 개들도 많다. 내가 그들에게 적의를 느끼지 않는 것처럼 그들도 나에게 아무런 적의를 느끼지 않는다. 도리어 신뢰를 보여준다.

하지만 집안에 갇혀서 지내는 개들은 그렇지 못하다. 주인만 빼면 누구에게나 이빨을 드러내고 핏대를 세운다. 너를 믿지 못한다

는 뜻이다. 모르는 사람은 일단 적이다. 정주석 대신에 철문을 세우고 정낭 대신에 개를 내세운 집들이 점점 늘어나는 중산간 마을에서 나는 잠시 천당과 지옥을 경험했다.

철문 사이에 목이 끼여 으르렁거리는 개들 앞으로 다가가 눈높이를 맞추려고 쪼그리고 앉았다. 그리고 빙긋 웃어주었다. 우선 한 놈이 반응을 했다. 아직 경계를 풀 수준은 아니지만 눈꼬리가 한결 부드러워졌다. 한 녀석은 아직도 성깔을 부리고 짖어댄다. 저 분노의 눈을 보아라. 저 눈이 착해지려면 내가 먼저 모든 것을 버려야 한다. 내가 낮아져야 한다. 이 마을을 지나면서 굳게 닫혀 있는 철문 사이로 머리를 디밀고 짖던 개들을 보면서, 인간에 대한 무한한 신뢰를 보여주었던, 사라져가는 제주 정낭과 정주석이 다시 그리웠다.

물 없는 폭포

제주도 말은 마치 표의문자 같다. 글자 하나하나가 속뜻을 가지고 있는 것이 많다. 앞서 설명한 것처럼, 쇠소깍도 쇠+소+깍이라고 한 자씩 파자해서 단어를 살펴야 실체가 살아난다. 여러 번 이런 경우를 만나다 보니 어느 정도 익숙해졌고, 나름대로 파자해서 살펴보려는 시도도 자연히 하게 된다.

엉또 폭포 역시 그렇다. "엉또"라고 읽는 순간, 남원에서 만난 '엉'이 자연스럽게 떠오른다. '바위에 난 굴.' 그렇다면 '또'가 무언지 알면 되는 것이다. '또'는 입구를 뜻한다. 굴 입구? 폭포하고 아무 관련이 없지 않은가?

경치를 일견하니 여기가 물 떨어지는 곳이라는 것을 믿지 못하겠다. 50미터 높이의 벼랑 밑에 있는 물웅덩이만이 폐사지의 주춧돌처럼 옛 영화를 말해주는 듯싶었다. 물 없는 폭포를 보기 위해서 지난밤을 그렇게 뜬눈으로 새웠던가. 마른 냇물처럼, 마른 폭포가 모든 기대를 배반한다.

빚 받으러 온 사람에게 줄 돈 없다고 배 째라며 딴청 부리는 채무자 같다. "내가 언제 떼먹는다고 그랬어? 쥐구멍에도 볕들 날이 있어. 조금 더 기다려 보라고!"

명절에 지난 쓰레기를 한번에 몽땅 치우듯, 하늘이 구멍 나서 있는 물을 모았다가 쏟아붓기라도 한다면, 엉또 폭포도 할 말이 있을 것이다. 당신들 왔다고 값싸게 속살 보여주지는 않겠다고 기암절벽이 큰 목소리를 내지도 않을 것이다. 그래도 엉또 폭포는 떨어지는 물을 보려면 삼고초려를 하든 말든 그건 너 할 탓이고, 난 하늘 눈치나 봐야겠다고 딴청이다. 참 고약하다. 그러니 약은 좀 오르지만 빽빽이 숲을 이룬 천연 난대림이나 보고 내려가야 덜 억울할 것 같다.

그래야만 밤잠 설치고 나온 발품이 보상이 될 것 같은 것이다. 제 몸에서 나온 기름이니 아낌없이 발랐을 테지만, 윤기가 자르르 흐르는 잎을 자랑하는 동백나무가 엉또 주변 숲에는 울창하다. 폭포를 못 보면, 눈 내리는 춘삼월에 동백꽃 구경도 그만일 것 같다. 그러니 폭포야, 너만 볼 것이 있는 것은 아니란다.

아니다. 물 떨어지는 폭포를 눈으로 보아야 한다는 내 생각이 애당초 잘못된 것일지도 모른다. 하나만 알고 둘은 모르는 무지한 미적 감식. 아직도 한참 멀었다. 조선시대 광화사 최북 정도는 되어야 하는데……. 전해 오는 최북의 일화는 이렇다.

최북은 조선시대 으뜸 기행 화가다. 제 눈을 제가 찔러 애꾸눈을 만든 화가쯤은 되어야 기인의 반열에 들 수 있는 것인지, 고흐는 귀를 자르고 최북은 눈을 찔렀다. 왜 예술가들이 그와 같이 자해를 했는지 모르겠다. 아마 금강산 구룡연에서 스스로 목숨을 끊은 그에게 직접 물어 봐야할 것이다. 그가 죽을 때 남긴 말이 입소문으로 내려오니 풍모가 어느 정도인지 미루어 짐작은 간다.

"천하의 명인인 나는 천하의 명산에서 죽어야 마땅하다."

그리 말하고 소(沼)에 몸을 던졌다. 참으로 멋진 유언이다.
여하튼 광화사 최북이 산수화 한 점을 주문받았다. 그런데 그려
준 그림에는 산만 그려져 있고 물은 없었다. 공짜로 그려달라는 것
도 아닌데, 주문한 사람이 열 받을 만하다.

"산수화에 산만 있고, 물은 어디로 간 것이요?"
"물? 이 무식한 놈아, 산 바깥이 모두 물이다."

산수화라면 당연히 산과 물이 그려져야 할 것이라 생각하면 그
게 범수요 하수다. 없는 물도 볼 수 있어야 비로소 고수 축에나 끼
어볼 욕심이나 내볼 수 있는 것이다.
그림에서는 눈에 보이는 그대로를 그리는 방법을 실경(實景)이라
하고, 눈앞의 실경을 무시하고 내 마음의 풍경을 그리는 것을 사경
(寫景)이라고 한다. 사경은 마음으로 보기, 즉 관심(觀心)에서 온다.
세종 때 안견이 단 사흘 만에 그린 몽유도원도가 사경의 극점에 해
당할 것이다.
여하튼 물 없는 엉또 폭포는 풍경을 다시 보는 법을 내게 가르친
다. 폭포를 보지 않고 폭포 소리 듣기, 폭포 아래에 신발을 벗어두
고 놀기, 누각을 지어놓고 지긋이 폭포를 바라보기, 폭포보다 더

큰 소리로 소리 연습하기. 이처럼 저마다 폭포를 보고 즐기는 방법이 다를 터인데, 물 없는 폭포라고 어찌 즐기는 방법이 없겠는가?

눈을 감고 마음의 눈으로 보니 힘차게 떨어지는 폭포의 물기둥이 보인다. 우레 같은 물소리도 들린다. 솟은 땅방울을 재우기 위해 멱 감는 내 몸뚱이도 보인다. 엉또 폭포는 여행자에게 사물을 보는 또 하나의 길을 말없이 가르쳐 준다.

물 없는 폭포를 보니, 다시 산은 산이고 물은 물이다.

보이지 않은 것을 믿는 것이
참 믿음이다.

1코스의 알파 코스

바다 위를 걷는 길

우도 올레

사랑의 섬

제주도 성산포에 사는 사람들은 물과 불이 상극이라는 것을 믿지 않는다. 성산포로부터 뱃길로 십 리쯤 떨어진 우도가 그 증거다.

고려 목종 7년(1004년)에 그 물이 덥고 차고를 반복하는 수작쯤은 성산포에서도 알 만한 사람은 다 알았다. 무시로 물이 누군가와 사랑을 나누는 것이 어망에 자주 걸린 것이다. 물과 불은 바다 밑에서 하는 짓이라 누구도 모를 것이라 믿고, 있는 내숭 없는 내숭 다 떨었지만 소용이 없었다. 더운 기운이 온 바다에 뻗치는데, 그게 무슨 짓거리인줄 누가 몰랐겠는가.

그해 6월, 이들의 낮도 밤도 없이 사랑을 나누는 기운이 온 천지에 가득하더니, 끝내는 깊은 물속 땅거죽까지 찢어버리고 제 몸을 박아 넣은 것이다. 그 열락에 그날 성산포 앞바다는 용출하는 불기둥으로 장관을 이루었으니, 《세종실록지리지》 제주목에는 그날의 사건을 "밤과 낮 7일간 불기둥이 솟아 탐라인들은 무서워 접근을 할 수 없었다"고 전한다. 이렇게 만들어진 섬이 우도다.

성산포에서 우도 선착장까지는 15분가량 소요된다. 배에서 내려 우선 포구 앞 가까운 밥집으로 들어갔다. 밥을 시켜놓고, 주인에게

우도 올레 코스를 물으니 아직 정비가 안 끝났다고 한다. 발길 가는 대로 가라고 했다. 그곳이 올레라는 것이다. 하긴 제주도 사람들에게 올레가 따로 있을 리 없다. 그들의 삶은 늘 길 위에 있었고, 그 길이 올레인데, 새삼 올레 표시가 필요하다는 말인가?

우도 해변의 둘레는 약 17킬로미터 정도. 마을 올레를 하지 않아도 걷기에 적당한 거리다. 그래서 무작정 해변을 따라 걷기로 했다. 파란 화살표를 찾지 않아도 되니 마음도 그만큼 편하다. 마을로 들어가지 않는 이상, 길이 외길이기에 모두 해변 도로를 이용할 수밖에 다른 방도가 없기 때문이다.

제일 쉽게 우도를 돌아보는 방법은 일주 버스를 이용하는 것이다. 버스는 해변과 마을을 들고나면서 섬의 끝과 끝을 잇는다. 일단 버스를 타면 운전기사는 가는 길의 좌우편에 펼쳐진 우도 풍경

을 걸쭉한 입담으로 소개한다.

"자, 우측으로 이발소가 보이시지요? 우도에 하나 밖에 없는 이발소입니다. 십 대에서 육십 대까지 모두 헤어스타일이 똑같아 유명하지요. 수십 년간 변한 적이 없습니다. 아! 그리고 좌측이 우도의 유명한 라스베이거스이자 환락가입니다. 보이시지요?"

불과 700세대 정도의 섬에 무슨 환락가? 버스에 탄 사람들의 관심은 일시에 모두 좌측 창문으로 쏠린다. 아, 거기에는 정겨운 노래방 하나가 나타난다. 모두들 키득키득.

운전기사는 유들유들, 웃지도 않고 입담을 쏟아내면서 홍조단괴나 하고수동 해수욕장 같은 명승지가 나타나면 차를 멈추고 잠시 눈요기할 시간을 준다. 급히 우도를 둘러볼 사람이나 나이든 여행객들이 이 순환 버스의 주 고객들이다.

순환 버스가 너무 클래식하다면 그 다음으로는 생각해 볼 수 있는 교통수단들도 있다. 내가 길 위에서 만난 것만을 소개하면 이렇다.

우선, 젊은 한 쌍의 남녀가 타고 있던 천정이 열리는 은색 스포츠카다. 〈007〉 같은 첩보영화에서나 자주 볼 수 있는 차다. 참으로 멋져부러! 거기에 탄 젊은 남녀의 폼도 죽인다. 전생에 무슨 업을 쌓아서 저 나이에 모든 사람들이 훔쳐보는 스포츠카의 주인공이 되었을까? 아무래도 이곳에서는 안 어울린다. 이를 보는 사람들의 표정 역시 떨떠름. 지나간 자신의 삶이 갑자기 초라해진다.

이번에는 거기까지는 아니지만 일반 승용차다. 자신의 승용차를 배에 싣고 들어온 것이다. 이들은 먼지를 폴폴 날리며 걷는 사람을 길 옆으로 몰아세운다. 차에 탄 사람들은 모두 짙은 색 선글라스와 마치 잠자리 날개처럼 속이 다 비치는 하늘하늘한 옷을 입었다. 물론 이들도 우도에는 별 관심이 없다. 보면 안다. 옆 자리에 앉은 여자들에만 오로지 관심 있다. 물론 이해할 수 있다. 해안가나 바다의 이국적 풍경을 처음 만났을 때의 환희는 계속되는 비슷비슷한 풍경에 얼마 못 가서 싫증이 난다. 옆 좌석에 앉은 사람이 풍경과 다른 점은 보고 또 봐도 싫증이 안 난다는 점일 것이다.

세 번째는 ATV(4륜 오토바이)다. 선착장 앞에서 빌려, 뒤에 사람을 태우고 해변 도로에 나타난다. 그도 여의치 않으면 이번엔 자전거를 빌려야 한다. 남녀가 서로 한 대씩 빌려 나란히 페달을 밟으며 나아간다. 이건 그래도 낭만이 있다. 그러나 고개가 많아서 그리 쉬운 것은 아니다.

그리고 마지막으로 진정한 의미의 올레꾼 뚜벅이들이다. 그러나 불행히도 우도에서는 간세다리로 걷는 사람들을 만나기는 쉽지 않다. 우도에 오는 순간 여러 종류의 편리한 발의 연장을 만나게 되고, 걸어야겠다는 의지보다도 다시 문명의 이기에 기대고 싶은 유혹을 견디기가 어렵게 만들기 때문이다.

여러 종류의 교통수단들이 걷는 사람을 밀치고 나아가면, 어쩐지 걷는다는 것이 '빈티'가 줄줄 흐르는 느낌이 들고 스스로 한심하다는 생각이 들기도 한다. 문명과 문화가 마주치면 문화가 백전백패로 끝날 수밖에 없다는 것을 우도에서 알았다. 편한 길이 준비되어 있다는 것이 길을 걷는 사람에게는 불편하다는 것을 우도의 해변 도로는 말해주고 있었다.

길이 소란스러우면 고독을 즐기기가 어렵다. 이 길은 외로움을 즐기는 길이기보다는 젊은이들이 사랑을 나누는 길에 가깝다. 걷다가 바퀴 구르는 소리가 나면 길섶으로 비켜나야 하는 일이 우도에서는 되풀이된다. 상상했던 모든 풍경들이 물러가면 짜증스러운 현실만 남는다. 우도는 아무래도 사랑을 꿈꾸는 사람이 찾아오면 좋을 듯. 혼자 가지 마시라.

그러나 그것 또한 이래지래 비교되어서 서럽고, 외롭다. 그리 하지 말라. 처음 배낭을 꾸릴 때, 이미 마음을 '포맷하지' 않았던가? 불교에서는 그것을 공(空)이라고 한다. 마음의 모든 파문, 갈등, 욕망인 색(色)을 버리자고 길을 나선 것이다. 바다와 바람, 돌과, 하늘을 벗 삼을 때, 색에 묶이지 않고, 나만의 공의 기쁨을 맛볼 수 있으리라. 오호라, 색즉시공(色卽是空)!

태극기가 바람에

우도를 드러내는 이미지가 있다면, 가드레일과 가로수 역할을 겸하면서 해변 도로에 일렬종대로 끝없이 늘어서 있는 표정이 다양한 돌들과 마을 올레 입구나 검은 돌로 지은 집마다 걸어둔 태극기, 그리고 코발트 빛 바다에서 손쉽게 볼 수 있는 해녀들의 물질을 들겠다.

우도의 태극기가 호기심을 자극하는 것은, 그것이 국경일에만 전시용으로 게양하는 것이 아니기 때문이다. 이 섬에서는 일 년 내내 마을 입구나 집 앞에 서서 바람을 맞으며 푸른 바다를 향해 손을 흔드는 태극기를 볼 수 있다. 나는 저 태극기 말고 주변 풍경과 기막히게 어울리는 태극기를 다른 곳에서 본 적이 없다. 그것은 국기로서의 권위를 내려놓고, 우도의 자연과 삶과 서로 몸을 섞으며 새로운 풍경 하나를 짓는다.

저 깃발, 태극기에는 만물을 생성하는 음양의 태극과 사람 사는 모습이 4괘로 함축되어 들어 있다. 흰 천에 그림으로 요약된 작은 우주는 우도 곳곳에서 힘차게 펄럭이며, 영원한 노스탤지어의 손수건이 되어 거대한 우주의 숨결 속으로 스며들어 가는 것이다.

그동안 태극기에 대한 나의 관념은 '국기에 대한 맹세'가 대부분이었다. 전시 체제처럼 국민 모두가 조건 없는 애국애족을 강요받아야 했었다.

"나는 자랑스러운 태극기 앞에 조국과 민족의 무궁한 영광을 위하여 몸과 마음을 바쳐 충성을 다할 것을 굳게 다짐합니다."

그것은 마치 일제 강점기나 독일 히틀러 시대로 시간을 되돌린 느낌이었다. 조건 없는 권력에 대한 충성을 국기 게양과 하강 때마다 주입되고 강요받았다는 걸, 아무도 이상하게 생각하지 않았다. 생각해보니 교묘한, 그리고 끈질긴 국수주의적인 저인망식 국민 교화라 할 수 있다. 그만큼 국기는 대단한 권위를 가지고 국민으로부터 멀리 떨어져 있었다.

하긴, 근대 이전만 해도 국기는 국민의 것이 아니었다. 즉 지배 계층의 권위를 상징하는 수단으로 쓰였기에, 국민은 국기를 게양할 수조차 없었다. 국기가 국민의 국기가 된 역사는 1789년 프랑스 혁명 이후부터다. 자유, 평등, 박애를 상징한 삼색기는 혁명의 주체인 국민들에 의해서 마음껏 펄럭이게 된 것이다. 국기가 가진 이념으로 전제 군주제를 종식하고 근대 국가로의 한 걸음을 내디딘 것이다.

국기가 하나의 예술이 되고, 그것이 국민 통합을 이룬 멋진 선례가 있다. 세계 제2차 대전이 끝날 무렵인 1945년 종군사진가 로젠탈이 찍은 사진이 그것이다. 이오지마섬(유황도)에서 촬영한 사진으로, 연출된 것으로 후일 밝혀져 옥에 티가 되었지만……. 미 해병 대원들이 마침내 이 전투에서 승리했음을 알리고 성조기를 유황도의 정상에 세우는 명장면이다. 이것은 다시 조각으로 제작돼, 지금은 워싱턴에 세워져 그날의 역사적 승리와 강대국 미국을 세계와 후손에게 알리는 프로파간다가 되고 있다.

다른 예로는 미국화가 제스퍼 존슨의 작품 중 성조기를 주제로 한 작품들이다. 국기가 새로운 미술(네오다다이즘)의 원료로 사용되고 있는 것이다.

국기 앞에서 부동자세로 충성을 맹세하지 않아도 국가의 권위가 스며들고, 예술이 되고, 생활이 되는 세상이 좋은 세상이다. 생각해보니 대형 태극기가 운동경기의 응원도구로 쓰이고, 얼굴에 태극 스티커를 붙이고, 태극기를 어깨에 두르고 운동장을 달려도 죄가 안 되는 세상이 어느 사이에 우리 곁에 와 있다. 이것은 이제껏 금기시했던 영역들이 하나둘씩 사라져 간다는 것을 의미한다. 프랑스의 삼색기가 상징하는 자유, 평등, 박애의 세상으로 한 발 더 다가섬을 의미한다.

나는 여행 중에, 또 다른 태극기의 아름다움을 한반도 최남단에서 만났다. 누구에게 보여주려는 몸짓도, 무엇을 잘했다는 몸짓도, 오늘을 기념해야 한다는 강제도 없이, 그냥 바람에 흔들리며 하나의 풍경을 이루고 있는 것이었다.

우도에 가면 아름다운 태극기 마을이 있다.

이엿사나 이어도 사나

제주도 일터의 트라이앵글은 집안일, 농사일, 잠수일이다. 그리고 그 모든 일터의 중심에는 항상 여자들이 있다. 옥황상제의 딸로 제주도를 창조한 설문대할망도 여자고, 어렵게 모아둔 시재를 털어 주린 백성 먹여 살려 존경받는 정조 때의 기생 김만덕도 여자다. 집안일도 여자가 하고, 밭일도 여자가 하고, 물허벅으로 물을 길어오는 것도 여자 몫이고, 물질도 여자가 한다. 모두가 여자 몫이다. 남자들이 없는 것도 아닌데, 그녀들이 제주도의 아마조네스(그리스신화에 나오는 여전사족)들인가?

생활 속에서 남자들이 안 보인다. 보이지 않는 손인가? 아니면 이곳 남자들은 모두 무능하고 게으른 '화려한 백수'들인가? 그러다 보니 제주 여인들의 생활력에 대한 칭송은 육지에서도 자자하고, 은근히 제주 남자들을 부러워하는 마마보이들도 있는 것이다. 때마침 만난 이곳 향토사학자에게 궁금증을 털어놨다.

"그럼 제주도에는 해녀만 있나요? 해남은 없어요?"

그는 빙긋이 웃으며 그간의 사정을 털어놨다. 왜 없었겠냐고, 해남도 있었다는 것이다. 18세기 이전만 해도 깊은 물에서 전복을 따는 부역은 남자들이 담당했고, 이들을 포작인(捕作人)이라고 했단다. 그러나 조정의 과중한 진상 요구를 견디지 못해, 포작인들은 모두 육지로 도망가버리고 그 일이 고스란히 여자 몫으로 떨어졌다. 포작인들이 모두 도망치자, 혹시나 싶어 인조 7년(1629년)부터는 여인들은 아예 제주도를 떠나서는 안 된다는 '출륙금지' 조치까지 취해졌다. 그래서 약 250년 동안 섬에서 벗어날 수조차 없었다.

우도의 해안가를 걷다보면 자주 눈에 들어오는 것이 해녀들의 탈의실이다. 반갑다. 이곳이 아직도 해녀들의 활동이 왕성한 지역임을 보여주는 상징물이기 때문이다. 혹시나 해서 찾아보지만 예전의 고전적 탈의장인 '불턱'은 대부분 사라졌다. 있는 것도 쓰임새가 당장 없는 관광 자원으로서의 불턱이다. 지금은 간소하나마 더운물에 바다의 짠 물을 씻어낼 수 있는 현대식 탈의실이 불턱을 대체했다. 많이 좋아진 것이다.

그런데 걷다보면 만나는 탈의실이 왜 저렇게 많은지 궁금해진다. 의문은 비로 풀렸다. 마을마다 관리하는 바다가 다르기 때문이다. 금이 안 그어졌다고 모두 같은 바다가 아니다. 내 바다, 네 바다가 따로 있다. 그러니 잣담은 없지만 뭍처럼 영역이 분명히 나누어진 '바당밭'인 셈이다. 마을 어장마다 공동으로 일구는 '바당밭'이 따로 있으니 당연 탈의실도 마을마다 지어야 했던 것이다.

현대실 탈의실뿐 아니라 해녀들의 물질용 무기도 많이 개량되고 현대화되었다. 1970년대까지만 해도 무명으로 만든 물소중이(일명 물옷)는 혁신적인 고무 옷으로 바뀌었다. 한 번 들어가면 한 시간에서 한 시간 반이었던 작업 시간이 세 배에서 네 배까지 늘어났다. 또한 늦가을 완전히 영근 박 속을 파내고 만든 태왁(물 위에 띄워놓고, 물질 중 쉬거나 가슴에 얹고 헤엄치는데 쓰임)도 지금은 알록달록한 스티로폼으로 바뀌고, 채취한 해산물을 담는 망사리도 예전에는 재료를 짚이나 억새순을 바수어 꼬아 만들었지만, 지금은 썩지 않는 나일론으로 대체되었다. 이렇듯 장비가 현대화되면 수입도 늘고 해녀들의 숫자도 늘어야 할 것 같은데, 그게 아니다. 나날이 물질 나오는 해녀들은 줄어만 간다. 연구자들의 자료를 보니, 1980년대 7800명이었던 해녀는 1995년에 5900명, 2005년에 5500명으로 해마다 줄고 있단다.

벌이가 시원찮을 때는 물질하는 것이 가문을 위해서는 참으로 자랑스러운 일이었다. 중산간 지방의 여자들은 물질할 수 있는 해안가에서 태어나는 여자들을 많이 부러워했다. 우도는 해녀들에게는 물질의 천국이었다. 우도에서 여자로 태어난다는 것은 해녀로 태어난다는 말이기도 했다. 열 살 전후가 되면 슬슬 물질이 시작된다. 자식 중에 딸 둘만 낳으면 부자가 된다는 말은 해녀들의 높은 생산성을 염두에 둔 말이기노 했다.

그러나 잠수일이라는 것이 스킨스쿠버 같은 레저 활동이 아니다. 여행객들이 멀리 떨어진 바닷가에서 보듯 낭만적인 일이 못 된다. 이곳 사람들은 물질을 '저승길 오가는 길'이라고 한다. 죽고 싶어도 배 곯은 애새끼들 때문에 못 죽고, 이제는 물질할 수 없는 늙은 시어머니의 마음에 이는 파랑을 알기에, 오늘도 눈 시린 쪽빛 물결 속으로 제 몸을 밀어넣는 것이다. 벌이가 되기에 목숨 내놓고

하는 험한 일이다.

벌이가 된다면 제주 해녀들은 어디에도 갔다. 전라, 경상, 충청의 바다뿐 아니라 삼삼오오 짝지어 멀리 러시아, 중국, 일본의 바다 속까지 들어갔던 것이 제주 해녀들이다. 60년에서 70년대 초반까지도 그랬다. 아마도 이런 억척스러움이 제주도 여인들을 강인한 여자 이미지로 만들어온 것일지도 모른다. 그러나 해녀들의 숫자가 급격이 감소하면서 이젠 또 다른 걱정거리가 생겼다. 전통 어업이 소멸할까 염려되는 것이다. 해녀 박물관에서나 해녀들의 삶을 만나볼 수 있을 것인가?

정게호미(해조류를 베는 낫)로 소라, 전복, 오분작, 성게, 해삼을 캐어 망사리에 담고, 미역, 우뭇가사리, 감태를 메고 나와 제주도의 아마조네스들은 "어이 어멍 이제 감져 이"라고 외치며 그녀들의 존재를 드러낸다. 그런 그녀들이 이제 줄어간다.

우도의 잠녀들. 코흘리개 시절부터 바닷물에 몸을 담그며, 하군, 중군, 싱군, 대상군으로의 어정을 끝내고, 마침내 손사들을 돌보며 며느리를 기다리는, 이 빤한 생을 삶으로 받아드리는 이곳의 늙은 잠녀 모두에게 경의를 표한다. 우리들 모두의 어머니들이기 때문이다.

KI신서 2275

제주 올레 행복한 비움 여행

1판 1쇄 인쇄 2010년 2월 10일
1판 1쇄 발행 2010년 2월 17일

지은이 최건수 **펴낸이** 김영곤 **펴낸곳** (주)북이십일 21세기북스
출판콘텐츠사업부문장 정성진 **출판개발본부장** 김성수 **인문실용팀장** 강선영
기획 · 편집 심지혜 **디자인** 씨디자인
마케팅영업본부장 최창규 **마케팅영업** 김보미 김용환 이경희 허정민 김현섭 노진희
출판등록 2000년 5월 6일 제10-1965호
주소 (우413-756) 경기도 파주시 교하읍 문발리 파주출판단지 518-3
대표전화 031-955-2100 **팩스** 031-955-2151 **이메일** book21@book21.co.kr
홈페이지 book21.co.kr **커뮤니티** cafe.naver.com/21cbook